CHARLOTTE MOREAU

@BALIBULLE

W0283863

le dressing code

COMMENT PORTER (ENFIN) L'INTÉGRALITÉ DE VOTRE GARDE-ROBE

LEDUC poche

REJOIGNEZ NOTRE COMMUNAUTÉ DE LECTEURS !

Inscrivez-vous à notre newsletter et recevez des informations sur nos parutions, nos événements, nos jeux-concours… et des cadeaux !

Rendez-vous ici : **bit.ly/newsletterleduc**
Retrouvez-nous sur notre site **www.editionsleduc.com**
et sur les réseaux sociaux.

Leduc s'engage pour une fabrication écoresponsable !
« Des livres pour mieux vivre », c'est la devise de notre maison. Et vivre mieux, c'est vivre en impactant positivement le monde qui nous entoure ! C'est pourquoi nous choisissons nos imprimeurs avec la plus grande attention pour que nos ouvrages soient imprimés sur du papier issu de forêts gérées durablement, et qu'ils parcourent le moins de kilomètres possible avant d'arriver dans vos mains ! Pour en savoir plus, rendez-vous sur notre site.

Suivi éditorial : Céline de Quéral
Maquette : Istria

Illustration de couverture : © Creative Market
Design de couverture : Antartik

© 2021 Leduc Éditions
10, place des Cinq-Martyrs-du-Lycée-Buffon
75015 Paris – France
ISBN : 979-10-285-2071-7
ISSN : 2427-7150

À Ève, et à toutes nos rêveries
vestimentaires.

« L'élégance
ne consiste pas à enfiler
une nouvelle robe. »
Coco Chanel

Sommaire

CHAPITRE 3

Se révéler

CHAPITRE 4

Acheter

CHAPITRE 5

Organiser

Introduction

À 33 ans, je possédais 93 paires de chaussures.
J'avais compté parce qu'on me posait régulièrement la question, face à tel énième modèle si rarement porté qu'il passait pour neuf.
Quand j'ai achevé cet inventaire, au milieu de mon deux-pièces parisien qui avait l'air d'avoir implosé, je n'en ai tiré, honnêtement, ni honte, ni gloire. Il me semblait alors naturel de faire rimer l'amour des vêtements avec celui de la nouveauté et de la variété. Et à ce stade de ma vie, je pouvais consacrer un budget substantiel à ma garde-robe, donc je le faisais.
À 24 ans, en 2004, mon armoire déjà bien remplie m'avait d'ailleurs valu de poser dans un grand magazine féminin, où un créateur de mode, un sexologue et un *profiler* (oui, comme dans les polars) devaient deviner quel genre de femme j'étais uniquement à travers ma collection de chaussures.

UN PORTRAIT BROUILLON

Le verdict n'avait pas été très concluant.
Face à mon grand panier regorgeant de sandales, de tongs, de compensées, de ballerines et autres Converse®, les trois experts semblaient perplexes. Dressant de moi un portrait brouillon, dissonant.
On m'imaginait enseignante ou chargée de com'.
Travaillant dans la mode ou chez EDF.
On me trouvait un côté – je cite – « à la bonne franquette ». Moi qui étais toute jeune journaliste et me croyais sophistiquée.
C'était un premier signal, mais à l'époque, évidemment, je n'étais pas armée pour le décoder.

Comprendre le bénéfice d'une garde-robe plus lisible et mieux employée, c'est un cheminement. Avec des étapes qu'il ne sert à rien de griller.

Il m'a fallu dix ans de dressing débordant, de photos de moi et de mes looks sur la Toile. Un tourbillon d'étoffes, de couleurs, d'imprimés, de vêtements achetés parce que je les aimais sur les autres. Des années de jeu, de profusion, d'identités successivement endossées, des années qui ne m'ont absolument pas dit qui j'étais mais que je ne renierais pour rien au monde.
Parce que cette décennie d'expérimentation m'a emmenée là où je suis, en train d'écrire la méthode que vous tenez entre les mains, avec cette conviction profonde : porter l'intégralité de votre garde-robe n'est pas un simple casse-tête esthétique, un challenge reposant sur votre faculté d'associer harmonieusement tel vêtement à tel autre. C'est d'abord une quête de soi. Une conquête de soi.
C'est désapprendre, jusqu'à discerner ce qui est vraiment signifiant pour vous, individuellement.
Ce n'est pas simplement interroger les vêtements, c'est questionner les comportements.

DISSOCIER PLAISIR ET VARIÉTÉ

J'ai décidé d'alléger ma garde-robe en 2013. Sans savoir que l'industrie textile devenait la plus polluante au monde après celle du pétrole.
Six ans plus tard, j'aime toujours les vêtements, les chaussures (et essayer de me faire croire que je suis sophistiquée). Mais j'ai cessé d'associer au plaisir de s'habiller un impératif de variété et de nouveauté.
J'ai déconstruit ces vieux réflexes qui créent l'engorgement vestimentaire.

Sans diaboliser la consommation en soi, mais en me concentrant sur l'usage, la cohésion et l'amortissement de mon dressing.
Ce changement de paradigme m'a guérie du syndrome « j'ai rien à me mettre » qui frappe surtout – vous aviez remarqué ? – les penderies les plus garnies. Un cercle infernal que chaque énième achat pseudo-providentiel venait immanquablement réactiver.

En cherchant quels étaient vraiment les vêtements parfaits pour moi et uniquement ceux-là, je me suis délestée des deux tiers de ma garde-robe. Tout en divisant mon budget shopping par dix.

Cette grande purge n'a pas eu lieu en un jour, ni même en une année. À chaque étape j'ai tâtonné. Avancé, reculé, en partageant mes états d'âme sur mon blog[1]. Parce qu'en guise d'éclaireurs, au début, j'avais surtout trouvé des minimalistes aux préceptes draconiens, face auxquels j'oscillais, me sentant tour à tour galvanisée ou incomprise.

UNE RÉVOLUTION DOUCE

Pourquoi n'y aurait-il que des déclics spectaculaires, des cas pathologiques ou des méthodes radicales ?

Pourquoi ne disait-on pas davantage que c'était laborieux, lent et troublant de s'affranchir de tous ses vêtements ?

1. www.balibulle.com

Et que je devrais si souvent surmonter un sentiment de gâchis ou d'échec à chaque fringue exclue de mon placard ? Le tout cumulé à la charge mentale de ce que je devais en faire – la revendre, la donner, la jeter ? – au point d'en être découragée d'avance ?
Aujourd'hui, j'écris le guide que j'aurais aimé avoir entre les mains. La méthode que je me suis façonnée par embardées successives et imprégnations disparates.
Il m'a fallu six ans de recul.
Pour voir ce qui fonctionne, et ce qui ne fonctionne pas, à quel moment j'avais perdu ou gagné du temps, quelles ont été les charnières déterminantes, en les éprouvant sur le long terme, et quelles étaient les pistes et territoires que je pouvais encore explorer.
En mettant tout à plat, j'ai formalisé une méthode, que je voulais structurée et sensible à la fois. Cohérente avec tout ce que j'ai pu écrire sur mon blog, charpentée et prolongée par une foule d'idées nouvelles que je me réjouis de partager pour la première fois dans ce livre.
Le blog n'était que le commencement.
Et dans cette grande exploration, le style n'est que la partie émergée de l'iceberg.

ALLER AU-DELÀ DES CONSEILS DE STYLE

Vous avez une journée devant vous, que mettez-vous pour accomplir tout ce que vous avez envie d'accomplir en étant au mieux de vous-même ? Et comment faites-vous pour que votre garde-robe réponde tous les jours à cette exigence ?
Si je vous conseillais sur la base de ce que j'aime porter ou de ce que je trouve beau, ça ne concernerait que les gens qui font mon gabarit, ou ont les mêmes goûts que moi. Autrement dit, pas grand monde.
L'esthétique, c'est parcellaire et subjectif.

Alors que le lien pratique et émotionnel aux vêtements, cette place qu'ils prennent dans notre quotidien et dans notre cerveau, est aussi universel qu'inexploré.
C'est la partie immergée de l'iceberg.
Des questions dont on parle encore trop peu alors qu'elles nous traversent tous.

> **Le vêtement est la seule constante quotidienne unissant toutes les générations, toutes les catégories socioprofessionnelles, tous les sexes sous toutes les latitudes. Une enveloppe si universelle qu'elle passe, à tort, pour anecdotique.**

Nos choix vestimentaires ne sont une affaire de mode et de style que pour une minorité d'entre nous. Pour tous, ils sont une fenêtre sur notre âme ; la première chose que l'on dit à quelqu'un sans même ouvrir la bouche. En un seul regard, un torrent d'informations sur notre psyché, notre identité intime et sociale, nos références culturelles et parfois politiques, notre manière d'habiter notre corps et notre âge. En voyant l'allure de quelqu'un, vous pouvez deviner jusqu'à ses convictions, ses complexes, ses batailles remportées ou perdues, sa solitude ou sa tristesse.
Certains de mes vêtements m'ont permis de réaliser brutalement qui j'étais, où j'en étais – ce que je ne m'avouais pas encore à voix haute –, parce qu'ils ont accompagné et surligné des étapes clés de mon existence.
On ne mène pas d'un côté une vie vestimentaire et de l'autre une vie tout court. Les deux s'imbriquent et se nourrissent.

S'ALLÉGER POUR SE RÉVÉLER

Une garde-robe plus affûtée, totalement en phase avec notre quotidien, est une compagne de vie inestimable et un patrimoine à entretenir.
Il faut la révéler à elle-même en la débarrassant de tout ce qui l'alourdit, la freine, la brouille.
Il faut en analyser tous les précieux messages, qui sont là, sous nos yeux, et ne demandent qu'à être déchiffrés.
Il faut bien cerner ce patrimoine pour déceler ce qui lui manque et pourra le rendre encore plus précieux, vivant, utile.

Jetons ici les bases d'un nouveau « Dressing Code ». Celui qui vous aidera à aimer ce que vous portez, à porter ce que vous aimez. Et à vous débarrasser du reste.

Dans ce livre, vous ne trouverez pas de listes de valeurs sûres à posséder pour ne pas se tromper, de recommandations universelles de coupes, de teintes, de silhouettes ou de marques. Ce serait faire fausse route, formater un vestiaire pour une masse indistincte et sans visage, omettre tout ce qui est primordial dans notre façon de nous habiller, à commencer par notre situation familiale, notre métier, notre culture d'entreprise, nos moyens de transport, nos amplitudes horaires ou notre vie sociale.

Ce que vous trouverez dans ce livre, ce sont les bonnes questions à vous poser face aux vêtements que vous possédez déjà, les outils qui harmoniseront définitivement votre relation à votre garde-robe, les escales émotionnelles qui jalonnent cette odyssée en douceur vers un

dressing affûté et parfaitement fonctionnel. Pour que le rêve de porter la totalité de votre garde-robe devienne réalité.

UNE MÉTHODE, CINQ ÉTAPES

Le Dressing Code suit un parcours en 5 étapes : diagnostiquer, trier, se révéler, acheter et organiser.

1 - Diagnostiquer

Un état des lieux pour clarifier les émotions que les vêtements charrient en vous et vous réconcilier avec votre penderie.

2 - Trier

Un itinéraire dans la jungle de votre dressing, pour écrémer votre armoire actuelle et constituer votre patrimoine vestimentaire.

3 - Se révéler

Mesures, palette de couleurs, CV de la fringue, *cost per wear*... des instruments précieux et objectifs pour faire fructifier ce capital, en découvrir toutes les richesses.

4 - Acheter

Les bons réflexes pour cibler seulement ce qui vous servira vraiment et dire adieu au shopping approximatif.

5 - Organiser

Parce qu'une penderie optimisée a besoin de clarté pour agir. Offrez-lui l'écrin et la logistique qu'elle mérite.

Pour commencer, pas besoin d'avoir votre dressing sous la main. Vous pouvez être dans un train, une salle d'attente bondée ou en goguette entre deux rendez-vous…
Vous savez, ces 15-20 minutes pendant lesquelles on n'a concrètement pas le temps d'entamer grand-chose.
Entamez donc ce livre, installez-vous, on va d'abord parler de vous.
Ah non, tiens, on va d'abord parler des autres.
Parce que justement c'est ça, le premier hic.
On pense toujours, d'abord, aux autres.

CHAPITRE 1

Diagnostiquer

Le goût des autres

RÊVEZ D'UNE SEULE GARDE-ROBE : LA VÔTRE

Ce peut être l'artiste ou l'intellectuelle stylée.
Ce peut être l'influenceuse, qui immortalise ses tenues dans sa chambre à coucher.
Ce peut être la femme d'à côté, celle que vous croisez tous les matins en partant travailler.
Ce peut être l'homme dans le métro, dont vous admirez la montre, le foulard ou la science des couleurs.
C'est une inspiration qui vous stimule et vous éclaire.
Et finit si souvent par vous détourner de vous-même.

> **Nos icônes de style sont nos cadeaux empoisonnés. Elles entretiennent cette croyance selon laquelle nos questionnements vestimentaires trouveraient leurs réponses dans la garde-robe des autres. Et que nous manquons juste d'un peu d'imagination et de goût pour parvenir au même résultat.**

Cette duperie est devenue plus massive encore depuis le milieu des années 2000, avec la démocratisation de « l'image de mode » sur les blogs et les réseaux sociaux.
Une encyclopédie mondiale de looks loge désormais dans notre poche, où la voisine bien sapée côtoie la star inaccessible. Où le rêve cohabite avec le miroir.

CULTIVEZ VOTRE JUSTESSE

Car cet alter ego mieux habillé, il nous semble si proche, n'est-ce pas ? Morphologiquement, financièrement, il coche toutes les cases, les mêmes cases que nous.
Pourtant il en va de lui comme du demi-dieu hollywoodien : ce qui nous frappe est une allure, une attitude, davantage qu'une équation vestimentaire déclinable hors contexte.
Plutôt que de chercher à rivaliser, à se comparer, rendons au charisme de chacun ce qui lui appartient. Et cultivons plutôt son préalable : la justesse.

On peut tous avoir de la justesse. Cet alignement avec soi-même, ce « bien-être » au sens littéral du terme, qui n'est pas affaire d'originalité ou même de créativité, de bon ou de mauvais goût. Mais d'harmonie entre le corps, le style de vie et la garde-robe.

Rencontrez et célébrez enfin ces vêtements qui vous racontent et vous donnent des ailes.
Qui vous soutiennent à chaque instant en s'adaptant parfaitement à vos journées et à vos activités. Qui épousent votre singularité au lieu de l'éteindre.
Rêvez d'une seule garde-robe : la vôtre.

Les clés

> MÉFIEZ-VOUS DES ICÔNES VESTIMENTAIRES ET DU COPIÉ-COLLÉ.
> NE COMPLEXEZ PAS FACE AU CHARISME DES AUTRES.
> CULTIVEZ VOTRE PROPRE JUSTESSE.

Métro, boulot, dodo

TOUT CE QUI N'A RIEN À VOIR AVEC LA MODE MAIS FAÇONNE NOTRE LOOK

Chaque mois de décembre, mon ancien journal[2] organise une cérémonie de récompenses culturelles. Tout le personnel y est convié, et invité à faire un effort vestimentaire. Dans un secteur – la presse quotidienne – réputé pour sa décontraction, la précision est d'importance.
L'hiver dernier, avant de savoir ce que j'allais porter, je me suis projeté le scénario de la soirée :

- quel moyen de transport j'allais utiliser pour m'y rendre ;
- combien de temps j'allais marcher dans la rue ;
- combien de temps j'allais potentiellement rester debout sur place ;
- est-ce qu'il y aurait un vestiaire ;
- quelles affaires j'avais envie de garder sur moi.

C'est en répondant à toutes ces questions que j'ai su comment m'habiller. Le jour J, j'ai enfilé la tenue prévue.
Une combinaison-pantalon, beaucoup de bracelets, un caban bien chaud, des bottines à talon de 8 cm et un petit sac en bandoulière.
À aucun moment, ce soir-là, je n'ai eu à m'inquiéter d'un éventuel collant filé, d'avoir mal aux pieds, d'être encombrée par mon

2. *Le Parisien*, pour lequel j'ai été reporter pendant quinze ans.

manteau, mon smartphone ou mon porte-monnaie, de croiser suffisamment les jambes en m'asseyant sur une marche pour discuter, ou de penser à rentrer mon ventre encore rebondi suite à ma deuxième grossesse.
Ce que je portais m'a laissé l'esprit libre pour profiter des invités et de l'instant, multiplier les conversations, les allées et venues, tout en me sentant sûre de moi.

DE L'EXTRA À L'ORDINAIRE

Les circonstances exceptionnelles nous amènent instinctivement à réfléchir, pour nous vêtir de la manière la plus appropriée possible. Elles nous aident à clarifier les enjeux.
Soirées un peu formelles, entretiens d'embauche ou même funérailles... nous savons, dans ces contextes-là, qu'être trop, pas assez ou mal habillée peut nous insécuriser. Jusqu'à parasiter la manière dont nous traverserons ce moment, voire le souvenir que nous en garderons.
Nos tenues d'exception sont affaires de circonstances... Mais notre vie quotidienne aussi.
Pourtant, parce qu'elle est répétitive, nous avons tendance à la considérer comme un flux sans réelles aspérités. Une sorte de jour sans fin où toutes les options sont possibles, et où le vertige du choix – et donc du mauvais choix – nous paralyse trop souvent le matin.

> **Chaque semaine de notre existence est un enchaînement de contextes spécifiques, dans lesquels une tenue pertinente, en phase avec nos goûts et avec le moment, nous permet de nous présenter sereinement au monde et à nous-mêmes.**

Lister les circonstances qui structurent notre emploi du temps, et réunir les « munitions » nécessaires, c'est la première étape

pour construire une garde-robe dans laquelle on se sent libre et on se sent soi.
Alors avant de regarder ce que portent les autres, avant même de vous soucier de votre morphologie ou de vos complexes, interrogez-vous sur vos contextes :

VOS CONTEXTES

PERSONNELS

- temps passé à domicile
- situation familiale
- moyen(s) de locomotion
- loisirs
- sorties
- voyages

PROFESSIONNELS

- espace de travail
- codes vestimentaires de votre profession
- moyen(s) de locomotion
- amplitudes horaires
- déplacements professionnels

En utilisant le filtre de nos activités, nous cochons instantanément des options vestimentaires plus fiables qu'en faisant simplement confiance à nos inspirations. Car il y aura des journées sans inspiration. Mais vous le savez déjà, non ?

LA CONTRAINTE DOPE LA CRÉATIVITÉ

Voyez ces contextes (et leurs contraintes associées) comme des accélérateurs de style plutôt que des carcans.
Ce sont eux qui réguleront le vertige du choix.

DE LA CONTRAINTE À L'IMPACT

CONTEXTES ET CONTRAINTES ASSOCIÉES	IMPACT SUR VOTRE GARDE-ROBE
Si vous faites régulièrement des présentations debout dans un auditorium...	... vous entretiendrez vos chaussures méticuleusement.
Si vous devez souvent vous baisser devant des clients ou des élèves...	... des pantalons taille haute ou des robes mi-longues vous laisseront une plus grande liberté de mouvement.
Si vous changez d'emploi et travaillez à domicile...	... vous n'aurez plus besoin d'une demi-douzaine de blazers. Mais rien ne vous empêche de vous installer à votre poste de travail en chemise hawaïenne.
Si vous vous déplacez partout à vélo...	... vous porterez plus souvent des shorts que des minijupes, des blousons que des jupons, un casque que des chapeaux.
Si vous êtes amené(e) à parcourir des entrepôts non chauffés, des exploitations agricoles...	... vous investirez dans une parka thermique bien coupée et des chaussures solides et imperméables qui seront vite amorties.
Si vous travaillez toute la semaine en uniforme...	... vous disposerez d'un budget plus confortable pour vos looks du week-end.

Si vous accompagnez régulièrement vos enfants à l'école le matin, sans avoir eu le temps de vous changer…	… vous réglerez la question ni vu ni connu sous un grand manteau structuré.
Si vous êtes mère au foyer…	… comme n'importe quelle « active », vous disposerez d'une garde-robe nette, dans laquelle vous aurez plaisir à vous glisser avant d'attaquer la journée.
Et si votre bonheur, c'est de vous pelotonner le plus souvent possible dans un jogging ou un grand gilet…	… vous en posséderez plusieurs, dans des matières douces et dans vos couleurs préférées.

Les emplois « créatifs » ou de bureau, les urbaines à la vie sociale bien remplie, tous ces lifestyles surreprésentés sur les réseaux sociaux, n'ont pas le monopole de la qualité ou même du glamour.

LA NOBLESSE D'UN VÊTEMENT, C'EST SON UTILITÉ

L'argent qu'on ne met pas dans une jupe à sequins, une paire d'escarpins ou un costume trois pièces, on peut le mettre dans un jean parfaitement coupé, une maille moelleuse, un pyjama raffiné ou des baskets à la teinte subtile.

Il n'y a pas de hiérarchie entre les habits, juste un degré d'adéquation entre l'objet et son usage.

Une pièce choisie avec soin, quel que soit son degré de sophistication, sera un membre précieux de votre dressing, tant qu'elle répond efficacement à vos contextes.

Une belle acquisition qui reste au placard, faute d'occasion pour être mise, est absurde. Aussi étincelants soit son statut symbolique, ses finitions ou la marque sur son étiquette.

Les clés

> CHAQUE CONTEXTE DE VOTRE VIE, DU PLUS ORDINAIRE AU PLUS EXTRAORDINAIRE, VOUS DONNE DE PRÉCIEUX INDICES VESTIMENTAIRES.

> GAGNER EN COHÉSION AVEC VOS CONTEXTES, C'EST GAGNER EN ATTITUDE.

> CHOISI AVEC SOIN, CHAQUE VÊTEMENT DEVIENT NOBLE.

Le triangle d'or

CONFORT + BEAUTÉ + STYLE DE VIE

C'est quand notre garde-robe n'est pas étroitement liée à notre style de vie que l'on se plaint le plus de n'avoir « rien à se mettre ».
Et c'est quand un vêtement est inconfortable ou peu flatteur sur nous que l'on se sent amoindrie, persistant à rêver de mieux.

IL NE SUFFIRA PAS D'UNE ÉTINCELLE

Pourquoi nous résigner à mener nos journées dans des frusques pratiques mais moroses, qui ne nous donnent pas le sourire ? C'est ce fameux critère de la « joie » cher à la coach japonaise Marie Kondo[3].
L'impératrice du rangement préconise de se débarrasser de tout vêtement – et au-delà, de tout objet – n'allumant plus de petite étincelle spontanée en nous.
J'irai plus loin...

Même les vêtements que vous trouvez beaux, confortables et flatteurs resteront sur leurs cintres s'ils ne concordent pas avec vos contextes.

3. Autrice de *La Magie du rangement* (éditions First, 2015).

Car un dressing parfaitement fonctionnel fait converger à parts égales ces trois exigences : beauté, confort et style de vie. Observez les intersections entre nos critères.

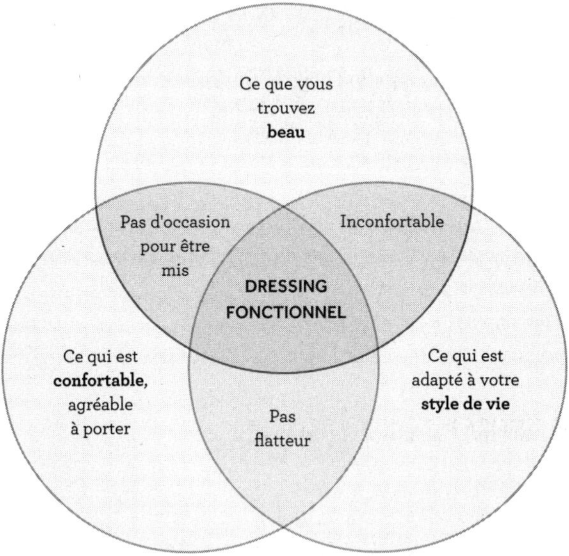

Dès que l'un des trois manque à l'appel, il y a déséquilibre :

- confort + beauté = pas d'occasion pour être mis
- beauté + style de vie = inconfortable
- style de vie + confort = pas flatteur

Restaurez leur harmonie et vous trouverez votre triangle d'or. L'antidote aux penderies perpétuellement décalées, frustrantes.

Un triangle d'or dont le périmètre est totalement personnel :

- la **beauté** reste un indicateur subjectif, car les goûts et les couleurs…
- idem pour le **confort,** symbiose entre l'ergonomie du vêtement, notre anatomie et nos complexes ;
- quant au **style de vie,** il vous indique la direction à suivre, et à quelle vitesse.

Car faites-vous du sport tous les deux jours ou tous les deux mois ?
Travaillez-vous à plein ou à mi-temps ?
Allez-vous danser une fois par an ou une fois par semaine ?
Ayez toujours une approche quantitative de vos activités pour achalander votre penderie avec finesse.

Les clés

> CHERCHEZ TOUJOURS LE TRIANGLE D'OR BEAUTÉ/CONFORT/STYLE DE VIE DANS VOTRE GARDE-ROBE.

> UN VÊTEMENT OU ACCESSOIRE QUI NE RESPECTE PAS CETTE HARMONIE NE SERA PAS PORTÉ AVEC PLAISIR, VOIRE PAS PORTÉ DU TOUT.

Le syndrome du tapis rouge

QUEL POIDS VOS CONTEXTES PÈSENT-ILS RÉELLEMENT DANS VOTRE AGENDA ?

Nous avons une propension naturelle à suréquiper les contextes les plus dépaysants de notre quotidien et à négliger les plus ordinaires. C'est ce que j'appelle le « syndrome du tapis rouge ». Car à quoi sert une collection de robes et de chaussures de soirée dignes d'une montée des marches si vous ne travaillez pas dans l'industrie du spectacle ou dans l'événementiel ?
C'est en évaluant avec honnêteté (voire humilité) la récurrence de nos contextes, et leur place dans notre emploi du temps, que nous pouvons nous « aligner » vestimentairement et rentabiliser notre garde-robe.

RÉCURRENCE ET *TURNOVER*

Comment définir la masse critique de vêtements dont vous avez réellement l'usage ?
Aidez-vous de la grille de contexte[4] présentée page suivante.
Elle vous permet de passer en revue n'importe quelle activité récurrente de votre emploi du temps, et les tenues nécessaires à sa bonne marche.

4. Téléchargez ce tableau vierge à la dernière page du *Dressing Code*.

À titre d'exemple, reprenons justement ma soirée de récompenses, comparable à deux ou trois autres événements professionnels auxquels j'assiste chaque année.
J'ai choisi à dessein l'occurrence la plus « élégante » et contraignante de mon style de vie. Sa portée symbolique est puissante mais son poids dans mon emploi du temps est minime. De quoi m'aiguiller vers des vêtements que je pourrai reporter dans d'autres contextes pour les amortir, si je ne veux pas moi-même succomber au syndrome du tapis rouge.

CONTEXTE & RÉCURRENCE	**CONTRAINTES ASSOCIÉES**	**VÊTEMENTS PERTINENTS** (confortables + beaux + adaptés)	**QUANTITÉ NÉCESSAIRE**
Soirées pros	☒ se démarquer (un peu) de mon dresscode professionnel habituel	☒ robe longue estivale	☒ 1
		☒ bijoux	☒ 3
☐ ... fois par semaine	☒ rester impeccable (sans vérifier sans cesse sa tenue)	☒ combinaison pantalon	☒ 1
☐ ... fois par mois		☒ petite robe noire hivernale	☒ 1
☒ 3 fois par an	☒ garder les mains libres	☒ petit sac à bandoulière	☒ 1

1 % de mon emploi du temps global	☒ marcher longtemps dans la rue ☒ rester longtemps debout	☒ boots ou bottes à talons, 8 cm maximum	☒ 2
		☒ sandales-bijoux plates	☒ 1
	☒ rentrer tard ☒ chaud/froid entre extérieur et intérieur	☒ veste ou manteau couvrant et élégant	☒ 2

Imaginons à présent que je remplisse cette grille avec ma garde-robe de nuit (pyjamas, nuisettes, sous-vêtements...).
C'est le contexte le plus fréquent de mon dressing, puisque je dors habillée. Pourtant, mon placard est loin d'être doté en conséquence.
Ni en qualité ni en quantité.
J'ai attendu la trentaine bien tassée pour m'offrir une robe de chambre digne de ce nom, de la lingerie vraiment confortable ou porter autre chose que quelques vieux débardeurs pour dormir.

> Pour échapper au syndrome du tapis rouge, repérez la disparité entre le poids symbolique de vos activités et leur véritable périodicité. Habillez davantage votre agenda réel que votre agenda fantasmé. Et valorisez vos contextes, même les plus anodins.

Ne vous préoccupez pas du contenu précis de votre armoire pour quantifier vos contextes. Plus votre calcul sera délivré, à ce stade, du poids psychologique de votre dressing, plus il sera constructif.

Pondérez si nécessaire les résultats en fonction de vos préférences d'entretien.

On n'a pas besoin du même volume de blouses en soie si on repousse systématiquement la corvée de repassage ou si on les nettoie au pressing comme Stella Gibson, l'héroïne de la série policière irlandaise *The Fall*, qui en fait l'un de ses attributs de puissance et de sang-froid. Aucun serial killer ne peut l'empêcher d'être impeccable.

Une fois munie de vos grilles, vous serez mieux armée pour remarquer ce que vous possédez d'utile, de superflu, et ce qui vous manque.

Les clés

> VOS CONTEXTES PÈSENT-ILS LE MÊME POIDS DANS VOTRE EMPLOI DU TEMPS QUE DANS VOTRE GARDE-ROBE ?

> HABILLEZ VOTRE AGENDA RÉEL.

> VALORISEZ VOS CONTEXTES, MÊME LES PLUS ANODINS.

Quel est votre ADN vestimentaire ?

PRAGMATIQUE, FESTIVE, AFFECTIVE OU GESTIONNAIRE ?

Notre rapport émotionnel à notre garde-robe n'est pas une affaire de style.

Que telle personne se classe dans une tribu plutôt rock, bohème ou « masculin-féminin » ne me renseigne que peu sur ses liens viscéraux avec son armoire.

En revanche, savoir si son dressing déborde, si le moindre achat est impulsif ou fait au contraire l'objet d'une longue étude de marché, si expérimenter de nouvelles silhouettes est envisageable ou non, voilà qui m'éclaire.

Les milliers d'échanges avec mes lectrices et lecteurs depuis le lancement de mon blog en 2006 m'en ont convaincue, notre relation à nos vêtements n'est gouvernée que par deux principes : espace mental et sélectivité.

LES 2 MOTEURS DE NOTRE ADN VESTIMENTAIRE

ESPACE MENTAL	Si cet espace est réduit, il est d'ailleurs assez improbable que vous ayez un jour ce livre entre les mains (sauf si vous êtes mon père). L'espace mental est un mécanisme instinctif. Et pas un critère qualitatif. L'efficacité de votre garde-robe n'a parfois rien à voir avec le temps de cerveau disponible que vous lui consacrez. Vous pouvez, par exemple, dédier très peu de temps aux vêtements et avoir une penderie hyper-cohérente. À l'inverse, vous pouvez adorer les fringues et être perdue tous les matins face à votre armoire.
DEGRÉ DE SÉLECTIVITÉ	Votre dressing est-il un temple dans lequel ne pénètrent que des vêtements élus sévèrement auditionnés, ou plutôt une auberge espagnole ouverte aux quatre vents ? Être sélective n'a que peu de rapport avec le goût ou le fait d'être « pointue ». Même une personne qui ne s'intéresse pas aux vêtements – ou que l'on considère « mal habillée » – peut être très sélective. Quand quelqu'un vous répond « ah non, jamais je ne mettrai ça », elle est sélective. Quand vous avez envie de tout porter, d'acheter tout ce que vous aimez sur les autres, vous n'êtes pas sélective.

Pensez à quelques-unes de vos proches.
Vous ne réussirez pas toujours à qualifier précisément leur style vestimentaire.
En revanche, vous saurez toujours où elles se positionnent sur ces deux échelles : espace mental et sélectivité.
D'infinies graduations sont possibles entre ces curseurs, mais globalement, j'y distingue quatre grandes familles.

LES 4 ADN VESTIMENTAIRES

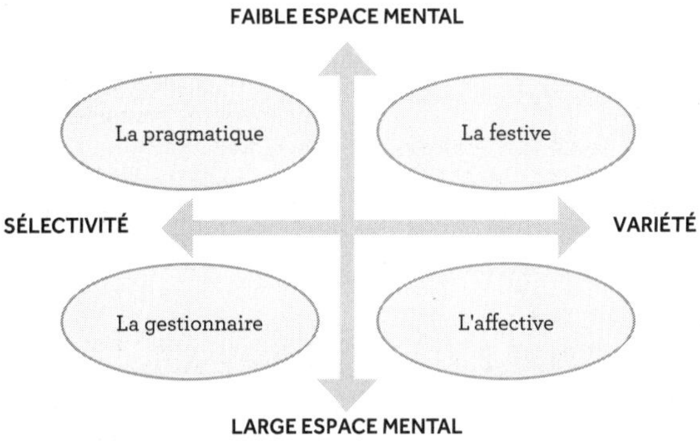

LA PRAGMATIQUE, DÉTACHÉE ET RIGOUREUSE À LA FOIS

Les vêtements semblent si peu l'intéresser que l'on pourrait, à tort, la croire indifférente à ce qu'elle porte. Mais la pragmatique est plus subtile. De sa garde-robe, elle attend une efficacité parfaite, à l'image de ses missions shopping menées *manu militari* une à deux fois par an, pour « faire le plein » et remplacer ses basiques. Elle apprécie souvent l'idée d'uniforme et de réduire sa garde-robe à une combinaison assez resserrée de silhouettes, dont il est quasiment impossible de la faire dévier. Si l'on veut la torturer, il suffit de lui offrir un vêtement un peu « farfelu » ou de l'entraîner dans une longue séance d'essayage.

LA FESTIVE, ÉPICURIENNE AUX MILLE VISAGES

Diva pailletée hier, héroïne rétro aujourd'hui ou lascar hip-hop demain, avec elle, tout est possible. La festive aime se métamorphoser, ce qui brille, et aborder la mode comme un jeu. Elle n'est pas attachée sentimentalement à chacun de ses vêtements, mais plutôt à l'idée d'abondance. D'ailleurs parlez-lui de placard réduit et elle vous répondra « restriction », « frustration ». Elle préfère les expérimentations – voire les accidents – vestimentaires, les détails qui détonnent et pouvoir se réinventer en s'habillant.

Composée de pièces fortes qui se suffisent souvent à elles-mêmes, son armoire est digne d'un dressing de cinéma. Et si foisonnante qu'il lui arrive régulièrement d'y redécouvrir des joyaux dont elle avait oublié l'existence.

LA GESTIONNAIRE, MAÎTRESSE DE L'HARMONIE

C'est à la fois une esthète attentive aux finitions, à la beauté des matières et des volumes, et une régisseuse qui sélectionne rigoureusement ses vêtements, jubile de les voir rentabilisés et entrer en synergie. La gestionnaire a une mission : découvrir et peaufiner l'éventail restreint de tenues parfaites qui lui sont destinées.

Dirigeant sa garde-robe à la baguette, elle l'aborde comme une symphonie d'où les fausses notes sont proscrites.

Chaque nouveau venu a intérêt à jouer en harmonie avec les anciens. Car quand la greffe ne prend pas, cette chef d'orchestre exfiltre les indésirables sans états d'âme.

L'AFFECTIVE, ÉTERNELLE PASSIONNÉE

C'est la cliente rêvée, car une grande joie, une grande contrariété comme un vaste ennui peuvent l'amener à dégainer sa carte bancaire.

De l'acte d'achat à l'acte de tri, tout est émotion chez elle.

L'affective peut s'accorder un vêtement-récompense après avoir atteint un objectif personnel. Acquérir sur un coup de tête ce qu'elle a aimé sur quelqu'un d'autre, comme avoir un mal de chien à se débarrasser d'une fringue qu'elle ne met pas ou qu'on lui a offerte.

Le vêtement est le véhicule de ses sentiments, davantage que de ses goûts, qu'au fond elle ne connaît pas si bien que ça.

Elle peut aller jusqu'à se laisser habiller par un de ses proches, sans oser remettre son jugement en question.

La relation aux vêtements de cette grande sensible raconte tout à la fois son estime de soi, son rapport à l'argent, aux cadeaux (ceux que l'on se fait, ceux des autres), à la famille et... à l'échec !

Conséquence de ce torrent d'affects s'engouffrant dans son placard : sa penderie implose, et les vêtements qui lui sont vraiment essentiels disparaissent sous les pièces « émotionnelles ».

UN... OU PLUSIEURS PROFILS

Votre ADN vestimentaire n'est pas génétiquement programmé.

À des degrés divers, je dirais que ma mère est une festive, ma sœur aînée une affective et ma sœur cadette une pragmatique.

Moi ? J'ai tellement évolué dans mon rapport aux vêtements que j'ai endossé plusieurs profils successifs. En modifiant non pas mon espace mental mais mon degré de sélectivité.

La grande époque des 93 paires de chaussures ? Festive, bien sûr.

Les premières années de blog mode ? Affective, tellement j'étais perméable au goût des autres.

L'envie d'alléger mon dressing ? Clairement gestionnaire.

La transition affective/gestionnaire quand j'ai commencé à trier mon placard a été tout sauf confortable. Mais c'est justement cet apprentissage qui a donné naissance à ce livre.

Les clés

> NOTRE RELATION À NOS VÊTEMENTS N'EST PAS GOUVERNÉE PAR NOTRE STYLE, MAIS PAR L'ESPACE MENTAL ET LA SÉLECTIVITÉ QU'ON LEUR ACCORDE.

> IDENTIFIEZ VOTRE ADN VESTIMENTAIRE : FESTIVE, PRAGMATIQUE, GESTIONNAIRE OU AFFECTIVE ?

> AU FIL DE SON CHEMINEMENT, ON PEUT CHANGER DE DEGRÉ DE SÉLECTIVITÉ PAR RAPPORT AUX VÊTEMENTS. L'ESPACE MENTAL, LUI, RESTE INSTINCTIF.

Le prestige de l'uniforme

DU STYLE SIGNATURE À LA GARDE-ROBE CAPSULE

J'évoquais l'idée d'uniforme, chère notamment (mais ils ne sont pas les seuls) à nos « pragmatiques ».
On s'imagine à tort qu'un dressing affûté implique de se choisir un uniforme. Ou à tout le moins un style signature, cette expression anglo-saxonne dont le périmètre est un poil plus large.

Quelqu'un qui s'habille toujours de la même couleur[5] n'a pas d'uniforme à proprement parler, mais plutôt un style signature. Un fil rouge vestimentaire.

Ce qui n'implique pas d'office une armoire succincte. Vous pouvez très bien avoir un style signature ou même un uniforme en conservant un placard très rempli, avec 15 pulls bleu marine, 18 blouses en dentelle et 11 paires de jeans.
C'est la limite de l'exercice. Quand on veut s'habiller tout le temps pareil, il faut posséder un fonds de roulement.
Sauf à se limiter aux trois mêmes pulls/blouses/jeans et les tuer rapidement à la tâche.

5. Comme la cheffe et essayiste Perla Servan-Schreiber, qui ne porte que du blanc depuis une trentaine d'années.

FIL ROUGE OU COMPLÉMENTARITÉ ?

C'est ici qu'intervient le concept de garde-robe capsule, parfois confondue avec le style signature et le dressing minimaliste en général.

Quand vous partez en voyage, vous vous constituez – sans forcément le savoir – une garde-robe capsule. Un minimum de vêtements, tous polyvalents, pour concocter un maximum de tenues.

Une tunique aussi efficace à la plage le samedi qu'en soirée le mardi.
Des baskets que vous porterez aussi facilement avec un short qu'avec une robe longue.
Et plus largement, une palette de couleurs complémentaires qui vous permettent de coordonner n'importe quel haut avec n'importe quel bas. Pour mieux cerner les dynamiques respectives de la garde-robe capsule et du style signature, voici un petit comparatif :

	GARDE-ROBE CAPSULE	STYLE SIGNATURE
PHILOSOPHIE	Peu de vêtements pour beaucoup de variété.	Peu de variété avec beaucoup de vêtements.
POINT FORT	S'alléger en volume (pas besoin d'avoir 7 jupes différentes quand celle que l'on a va déjà avec tout).	S'alléger en fatigue décisionnelle (je sais quoi mettre, je pioche dans la pile).

POINT FAIBLE	Des vêtements plus souvent portés, plus souvent lavés, plus vite abîmés.	Stock substantiel pour garder une bonne capacité de roulement.
LOGISTIQUE	Petit dressing, mais shopping régulier pour remplacer les vêtements usés.	Shopping rare et ciblé. Mais dressing plus volumineux au quotidien.

Il n'y a pas de bonne ou de mauvaise approche, l'essentiel est de comprendre laquelle vous ressemble en ayant conscience de leurs désavantages respectifs, notamment sur le plan logistique.

Les gestionnaires sont des candidates naturelles pour la garde-robe capsule.
Les pragmatiques s'orientent plus naturellement vers le style signature, car la créativité de la capsule leur demande trop d'espace mental.
Les affectives et les festives peuvent naviguer entre les deux sans jamais s'y retrouver. Car elles ne parviennent pas à (ou ne souhaitent pas) rationaliser leur rapport à leur penderie.

Les clés

> LE *STYLE SIGNATURE* ET LA *GARDE-ROBE CAPSULE* SONT DEUX APPROCHES DE DRESSING RÉDUIT, AUX LOGIQUES OPPOSÉES.
> CHAQUE SYSTÈME A SES AVANTAGES ET SES INCONVÉNIENTS ESTHÉTIQUES ET LOGISTIQUES...
> ...LESQUELS IMPACTENT DIRECTEMENT LE *TURNOVER* ET L'USURE DE VOTRE DRESSING.

Less is... chiant

PARCE QUE LES ALLERGIQUES AU MINIMALISME ONT RAISON, EUX AUSSI

Je suis comme tout le monde.
Quand je vois passer sur Pinterest une photo de portant épuré, où sont disposés des cachemires de couleurs neutres, une paire de baskets blanches, un jean gris et une marinière, je trouve ça sublime.
Le paroxysme de la garde-robe minimaliste. Et du joli cliché prêt-à-poster, avec ses teintes si douces et lumineuses.
Est-ce pour autant l'idéal à atteindre ? Non.
Ce n'est déjà pas le mien, pour commencer.
Trop de couleurs sombres (kaki, bordeaux, marine, noir...) et d'imprimés dans mon armoire. Que je n'échangerais pour rien au monde contre le portant de la photo.

UN UNIFORME CHATOYANT

Je repense souvent à cette lectrice de mon blog, Séverine, dont la penderie n'était constituée que de robes et foulards imprimés, été comme hiver.
Au fil des années, elle avait écarté tout le reste, et ne s'épanouissait jamais davantage qu'en mariant fleurs, rayures, étoiles, motifs animaliers ou géométriques.
Très loin de l'idée que l'on se fait d'un dressing minimaliste, et pourtant le sien l'était. Elle avait son style signature. Et ne portait, encore et encore, que ce qu'elle aimait.

C'était bien avant que je ne commence à avoir envie d'alléger et de mieux rentabiliser ma propre armoire. Et j'ai gardé l'exemple de Séverine en tête.
Pas comme un modèle à suivre à la lettre – je n'ai pas de style signature – mais comme la preuve que le désencombrement vestimentaire est une démarche plus large et plus riche que son image d'Épinal.

Moins vous aurez de vêtements dans votre penderie, plus vous serez capable d'en porter l'intégralité. Encore faut-il que cette garde-robe « minimaliste » soit à votre image.

Le malentendu est d'abord sémantique. Il faut se mettre d'accord sur le « minimalisme » dont on parle, parce que le mot a un double sens, quantitatif et esthétique (= d'un style épuré dans les teintes et les coupes).

Ayez, là encore, une approche quantitative. Rendre son dressing plus minimaliste, ce n'est pas mettre d'office au rebut sa robe léopard. C'est – pourquoi pas ? – reconnaître en elle une fidèle alliée qui s'acoquine aussi bien avec des rangers en cuir noir, des tennis immaculées que des sandales en velours vert. Et c'est la garder elle, plutôt que trois autres robes plus discrètes mais moins polyvalentes.
Less is more, OK. Tant que cela ne vire pas au *less is* chiant, et à la standardisation forcée de nos penderies.

Une garde-robe minimaliste n'est pas forcément une garde-robe épurée.

Et je sais ce qui est en jeu, pour en avoir si souvent parlé avec des lectrices.

L'œil ne se lasse-t-il pas plus vite des vêtements à fort impact rétinien : à motifs, de couleur(s) vive(s), bardés de détails ?
À cette inquiétude, j'ai envie de répondre : perfecto.

IMPACT RÉTINIEN VS. VIBRATION

Pas vraiment épuré, ce cuir lardé de zips et de rivets. Et pourtant, notre œil s'y est si bien accoutumé que le blouson inventé en 1928 par Irving Schott pour protéger les motards en cas de chute est devenu un classique. Comme si son omniprésence avait atténué son impact.
Tout le monde n'en a pas dans sa garde-robe, mais ceux qui en portent savent que le perfecto est aussi à l'aise sur Marlon Brando que sur une robe fleurie, un grand pull ou une marinière.
Le perfecto, c'est la preuve que notre regard est malléable.

> **On peut s'ennuyer aussi vite d'une petite robe noire que d'une tunique bigarrée. La longévité d'un vêtement est moins liée à son degré d'originalité – au fond assez relatif – qu'à sa vibration. Et à sa polyvalence.**

Comme le dit mon amie Géraldine Dormoy[6], journaliste lifestyle et grande amatrice d'imprimés, « je n'ai rien trouvé de mieux pour me donner de l'énergie ».
Le désamour face à un vêtement ne vient pas non plus du regard des autres.
Avez-vous déjà pensé dire à quelqu'un qui porte régulièrement quelque chose qui lui va bien : « Mais arrête de mettre ça ? »
Les gens qui vous apprécient seront toujours réjouis de vous voir dans un vêtement qui rayonne et vous donne bonne mine. Et le

6. instagram.com/geraldinedormoy

retrouveront sur vous avec tendresse, comme on s'émeut en identifiant le sillage parfumé d'un être aimé.
Géraldine, encore : « Certains tissus sont ancrés dans ma mémoire avec la même intensité qu'une chanson. »

Vibration, intensité, énergie.
Exactement ce que l'on a envie de ressentir le matin face à sa penderie.

Les clés

> NE CONFONDONS PAS LE MINIMALISME ESTHÉTIQUE ET LE MINIMALISME QUANTITATIF.

> C'EST LE SECOND QUI VOUS AIDERA À PORTER L'INTÉGRALITÉ DE VOTRE GARDE-ROBE, PLUTÔT QUE LE PREMIER.

> LES VÊTEMENTS À FORT IMPACT RÉTINIEN (ROBE LÉOPARD, PERFECTO...) NOUS DONNENT DE L'ÉNERGIE ET NOUS LASSENT PARFOIS MOINS VITE QU'UN BASIQUE DISCRET.

> LEUR LONGÉVITÉ EST PLUTÔT UNE AFFAIRE DE POLYVALENCE.

La spontanéité, c'est surfait

ET DIRE ADIEU AUX PANNES D'INSPIRATION, C'EST POSSIBLE

Avez-vous remarqué cette tradition bien française de faire confiance à ses humeurs, à l'heure de s'habiller le matin ?
Ouvrir son armoire et attendre que l'inspiration vienne.
Comme si formaliser plus précisément nos options vestimentaires était une activité un peu honteuse (ah, ce culte latin de la spontanéité !) et que seules les personnes assemblant instinctivement – voire accidentellement – un look au saut du lit étaient dignes de respect. Les autres ? Tant pis pour elles !
Si nos gravures de mode francophones les plus tenaces – de Françoise Hardy à la dynastie Gainsbourg – partagent ce fameux je-ne-sais-quoi qui a contaminé jusqu'à la langue anglaise (c'est dire son pouvoir de fascination), ce n'est pas un hasard.
Car « Je-ne-sais-quoi » = « Je ne sais pas vraiment l'analyser et quand bien même je saurais, je ne vous le dirais pas ».
Eh bien moi j'ai une dent contre le je-ne-sais-quoi.

L'HUMEUR DU JOUR VOUS FERA PARFOIS DÉFAUT

Je suis la première à rendre hommage au charisme, à l'allure, à l'impalpable et au supplément d'âme[7].

7. Voir « Le goût des autres » dans le chapitre 1, « Diagnostiquer ».

Mais pour tout le reste, j'aime ANALYSER, j'aime VERBALISER. Ce qui a d'ailleurs fait la singularité de mon blog.

Tout le monde n'est pas prêt à lire un roman sur le choix de LA bonne couleur de Converse®. Mais ceux qui le sont me le rendent au centuple, en me répondant de véritables pavés. Encore une affaire d'espace mental.

Et si vous cessiez dès maintenant de vous reposer sur vos humeurs pour vous habiller ?
Imagineriez-vous confier l'organisation de vos journées à un assistant instable, imprévisible, toujours susceptible de vous claquer dans les pattes ? Non.
La vie moderne est trop trépidante pour se saboter ainsi au réveil et dilapider votre capacité d'arbitrage. Gardez votre énergie pour gérer la suite de votre journée.
Laissez le je-ne-sais-quoi aux autres, et optez pour le je-sais-quoi.

> **Votre garde-robe doit être un copilote fiable, vous proposant des parcours fléchés que vous serez bien contente d'emprunter les « jours sans ».**

Un juste milieu entre la spontanéité totale (et ses résultats assez aléatoires), et le mono-look de Barack Obama ou Mark Zuckerberg.

GILETS PARE-BALLES

Votre je-ne-sais-quoi à vous, commencez donc à le mettre noir sur blanc. Notez, photographiez.
Le fait de rendre plus concrètes ces silhouettes qui vous veulent du bien vous apportera soulagement, confiance et fierté.
Bonne humeur ? Tant mieux.

Mauvaise humeur ? Même pas mal. Vous enfilerez l'un de vos gilets pare-balles vestimentaires pour vous jeter dans la mêlée. De mauvais poil, peut-être, mais bien sapée.
Si votre journée doit mal démarrer, ce ne sera plus à la porte de votre dressing.

Les clés

> NE VOUS FIEZ PAS À VOS HUMEURS MATINALES POUR VOUS HABILLER.
> DÉPLOYEZ VOTRE ÉVENTAIL DE SILHOUETTES GAGNANTES.
> INVENTORIEZ-LES EN PHOTO OU SUR PAPIER.

Jusqu'au déclic

CELLES QUI L'ONT EU ET CELLES QUI L'ATTENDENT ENCORE

Résumons les 6 paliers de votre diagnostic vestimentaire.

1 Ne plus fantasmer sur le dressing des autres.

2 Prioriser votre style de vie et votre confort, sans renier (ni rogner) votre esthétique personnelle.

3 Prendre conscience de votre degré de sélectivité et d'attachement aux vêtements.

4 Découvrir votre ADN vestimentaire.

5 Discerner la dynamique de garde-robe optimisée (*capsule* ou *signature*) qui peut vous ressembler et vous guider le plus.

6 Ne pas fatalement vous cantonner à un vestiaire neutre.

Après cet état des lieux, partagé entre découverte de soi et démystification de quelques contre-vérités vestimentaires, on pourrait se dire : « Y a plus qu'à ! »
Beaucoup d'entre vous commenceront à mettre les mains dans le cambouis, là, tout de suite.
D'autres resteront au point mort.

Vous avez envie de changement, vous le sentez. Mais c'est comme un petit cri à peine audible, couvert par le brouhaha de vos vêtements, et celui du quotidien.
Vous n'avez pas le déclic.
Pas encore.

C'est la première leçon que j'ai reçue en décidant d'optimiser ma garde-robe. Ces affaires-là prennent du temps, sur lequel on n'a pas toujours prise.

EXCITATION ET ÉPUISEMENT

Entre mon premier contact avec une démarche minimaliste et mon envie d'agir, il s'est écoulé presque deux ans.
J'étais intriguée, oui, mais je ne m'y projetais pas.
J'emmagasinais les lectures, les rencontres et les conversations, mais les pièces du puzzle n'étaient pas toutes en place.
J'ai dû attendre un quasi burn-out pour l'avoir, mon déclic.
C'était en 2013 et j'écrivais mon premier livre, *Antiguide de la mode*[8]. Chaque jour je galopais entre mon travail de journaliste en presse quotidienne, mon blog alimenté plusieurs fois par semaine, et mon manuscrit.
Trois manières d'écrire. Écrire tout le temps, journées, soirées, week-ends. Avec si possible les idées claires, un coup d'avance ou un pas de côté.
Je tanguais entre excitation et épuisement.
Les larmes montaient pour un oui ou pour un non. Et je me sentais d'autant plus stressée que, pour ce livre, je devais débusquer mes propres travers vestimentaires et les tourner en dérision.
J'avais désespérément besoin de décompresser.
Alors, pour oxygéner mon cerveau en surchauffe, c'était devenu un rituel : je m'allongeais sur mon lit, dans le silence (je n'avais pas encore d'enfants) et je consultais des blogs minimalistes, comme Une Chic Fille[9] et Dead Fleurette[10].
J'y ai trouvé un apaisement qui m'a surprise, moi, la femme aux 93 paires de chaussures.

---

8. Paru en 2014 aux éditions J'ai Lu.
9. http://unechicfille.blogspot.com
10. Aujourd'hui – hélas ! – fermé.

Ce qui m'était apparu jusque-là triste et restrictif me semblait brusquement lumineux. Et mieux que lumineux, désirable.

Ces archives, je les avais déjà parcourues. Mais je les redécouvrais. Grâce au pas de côté, grâce au trop-plein de tout.
Pendant cet été d'écriture, j'ai déstocké sans effort une trentaine de paires de chaussures. Comme on lâche prise.

UNE ONDE DE CHOC

Les images avaient résonné en moi. Et les mots plus encore. Les mots propagés comme une onde, lentement, souterrainement. Jusqu'au déclic.
Quelques phrases de chevet me sont restées de cette époque, de toutes ces lectures. Et font encore sens quand je les relis aujourd'hui.

> « Porter les mêmes vêtements encore et encore ne me dérange pas, parce que je les aime. Je ne vois donc pas de raison de ne pas les porter tout le temps. »
>
> Blog Dead Fleurette

> « Avec trop, on ne peut agir rapidement et efficacement au moment voulu. »
>
> Dominique Loreau, *L'Art de l'essentiel*[11]

11. Éditions Marabout, 2008.

> « Plus il y a matière à multiplier les styles, plus l'inspiration s'assèche. Il faut mettre fin au fantasme de changer tous les jours de chaussures/de sac/de manteau, et en prime de prétendre faire toujours les bonnes associations spontanément. »
>
> Jeanne-Aurore Coleuille et Laure Gontier, *Ma to-do list dressing*[12]

Certaines de ces lectures n'avaient qu'un rapport indirect avec le désencombrement et l'amortissement vestimentaires dont il est question ici. Mais elles m'ont nourrie, éclairée, touche par touche.

J'espère semer moi aussi quelques graines de déclic.

Même s'il faut demeurer, pour un temps, une présence un peu lointaine. Comme ces livres que l'on s'offre sans s'y plonger tout de suite.

On les installe dans notre foyer, on les laisse irradier, on les change de place, on les garde à portée de regard, on ressent la douce chaleur de leur compagnie. Ils font leur nid avant d'être lus.

J'aime l'idée que ce livre puisse peut-être connaître ce destin-là, de présence et d'irradiation, comme un rouage secrètement en marche.

Les clés

> LE DÉCLIC DU DÉSENCOMBREMENT NE S'OPÈRE PAS DU JOUR AU LENDEMAIN.
> C'EST UN ÉDIFICE QUI SE BÂTIT PIERRE PAR PIERRE, PARFOIS INCONSCIEMMENT.
> UN ÉVÉNEMENT DE VOTRE VIE PERSONNELLE OU PROFESSIONNELLE SERVIRA PARFOIS DE POINT DE BASCULE.

12. Éditions Marabout, 2012.

CHAPITRE 2

Trier

L'enfer du tri

C'EST LABORIEUX DE TRIER SES VÊTEMENTS MAIS AU MOINS, VOUS SEREZ PRÉVENUES

Tiens, vous voilà les idées claires et le couteau entre les dents. Impatiente d'affûter votre garde-robe pour mieux lui rendre justice.

Mais quelle est l'étape suivante ?

Ce n'est pas rêver aux beaux intemporels dans lesquels investir, après avoir fait un plan budgétaire et décidé héroïquement de s'astreindre à une diète shopping pendant six mois.

Oh non, ce qui vous attend maintenant est plus ingrat et beaucoup plus constructif : trier ce que vous avez déjà.

Le voilà, l'héroïsme.

Pour assécher la soif de variété et de nouveauté, il faudra vous confronter aux recoins les plus obscurs de votre penderie... et de votre inconscient vestimentaire.

Sur le papier, le scénario tient en trois actes :

LES 3 ÉCHELONS DE TRI

1. Dégager enfin ce qu'on ne porte pas (ou trop peu).
2. Dégager ce qu'on porte mais qui ne nous va pas (si bien).
3. Dégager ce qui nous entrave (et nous empêche de lever les bras, nous baisser, nous pencher, courir, transpirer, bref, vivre[13]).

13. Car, comme le résumait Coco Chanel : « Une robe faite correctement devrait permettre de marcher, de danser, même de monter à cheval. »

Les méthodes de tri, vous en connaissez déjà plein.
Par exemple, la pile « je garde, c'est sûr », la pile « je ne garde pas, c'est sûr » et la pile « je ne sais pas ».
Mais comment on fait, avec cette pile « je ne sais pas » ?
La fameuse tactique du « ce qui n'est pas porté depuis un an, je vire » ou « est-ce que je le rachèterais aujourd'hui ? » ou encore « est-ce que je le porterais dès demain ? », ça marche vraiment pour vous ?

On ne peut pas trier efficacement sans déminer le terrain d'abord, sans identifier nos mécanismes de défense.

Il y en a cinq, et faites leur confiance pour s'activer au pire moment.

NOS 5 MÉCANISMES DE DÉFENSE FACE AU TRI

1 - LA CULPABILITÉ	Oui, c'est ardu de renoncer à quelque chose que l'on a eu un plaisir sincère à acheter, qui nous a coûté cher ou qui porte une image de soi fantasmée, ou les trois à la fois. Comme si se séparer de ses vêtements, c'était les renier ou se renier soi-même. Et puis il faut accepter l'idée (douloureuse) qu'on a jeté de l'argent par les fenêtres. C'est souvent à ce stade, particulièrement sensible chez les « affectives », que l'on se décourage et qu'on laisse en plan la pile « je ne sais pas ».

Une séance de tri peut rapidement virer au chaos.
À titre personnel, la vue d'un magma d'étoffes entassées sur un lit ou un canapé (ou pire, au sol) me coupe toute énergie et toute jugeote.
Ça manque de clarté, ça oblige à expulser les autres membres du foyer, à sanctuariser une journée, tout en gardant l'œil sur la montre, de peur de ne pas progresser assez vite...

2 - LA HANTISE DU DÉSORDRE

Or s'il y a bien une règle de tri qui fait l'unanimité, c'est la nécessité de vider son dressing d'un coup, avant d'y ré-accrocher ce que l'on garde.
Alors comment opérer sereinement, et à son rythme ?
Je recommande l'usage de portants à roulettes, que vous pouvez utiliser comme annexes temporaires de votre armoire, et où vous laisserez accrochés vos vêtements « à trier » tant que vous n'aurez pas fini.
Oui, vos proches vont me maudire, mais c'est en temporisant que vous ferez les bons arbitrages.

3 - LA CHARGE MENTALE

Que faire du fruit de notre tri, ensuite ?
Même la pile la plus simple, la « je ne garde pas, c'est sûr », elle nous pèse.
Ces vêtements, on ne peut pas juste les faire disparaître.
Revendre, ça prend une énergie folle et du temps que l'on n'a pas. Il faut prendre des photos, des mesures, créer des annonces, répondre patiemment aux acheteurs qui vous redemandent d'autres photos, posent plein de questions, négocient le moindre euro ou vous plantent au dernier moment.

Non, là, vous vous dites : mieux vaut tout donner.
Tout donner, c'est généreux, c'est sain, c'est radical, c'est romanesque, même. « Un jour, je me suis débarrassé(e) de la majorité de ma garde-robe, j'ai tout donné. »
Le panache !
Mais tout donner, c'est aussi perdre en pouvoir d'achat pour de futures acquisitions plus pertinentes.
C'est la double peine, de l'argent deux fois perdu.

4 - LA PEUR DE MANQUER

Un bon tri est toujours progressif.
On en revient à notre histoire de déclic.
Distinguer nos valeurs sûres des vêtements que, objectivement, on ne met pas assez, c'est facile, c'est concret. Ça peut même se faire en une seule fois, si on a le feu sacré.
Mais distinguer les valeurs sûres des trucs juste « pas mal », ces trucs qui « font le job » sans non plus être fabuleux, voilà qui sera plus long.
Parce que dans un premier temps, ces trucs « pas mal », on les met instinctivement dans la pile « je garde, c'est sûr ».
La peur de manquer, bien entendu.
Aussi fascinantes soient-elles, les penderies où quatre cintres se battent en duel ne sont pas faites pour tout le monde.
Ce qu'il faut en retenir, plutôt qu'un nombre de pièces à garder dans un style plus ou moins épuré, c'est l'état d'esprit.
S'autoriser mieux que du pas mal : de l'exceptionnel.
N'avoir peur ni de manquer, ni d'être exigeant.

5 - LA VALEUR SENTIMENTALE	Un vêtement peut être autre chose qu'un vêtement. Il peut être un souvenir. Et à ce titre, pourquoi ne pas avoir le droit de le chérir, sans le porter ? Et dans ce cas, où et comment le garder ? J'aime bien la proposition d'Ema, une de mes lectrices, qui préconise en cas d'attachement profond une « valise magique » où conserver les pièces à valeur sentimentale, ces grands témoins de notre vie. Attention, les fringues sublimes mais importables n'en font pas partie. Elles ne sont rien d'autre que des erreurs d'achat déguisées en trophées. Si vous voulez que votre valise magique ait du sens, que son charme agisse, elle ne peut pas être un dressing « bis ».

CHAQUE MÉCANISME DE DÉFENSE A SA VICTIME PRÉFÉRÉE

L'argent perdu fait fulminer les gestionnaires, toujours prêtes à monter en gamme et donc toujours à la recherche de budget shopping.
La culpabilité ronge les affectives, torturées par leurs erreurs d'achats, et par un sentiment de déloyauté si elles n'honorent pas un vêtement qu'on leur a offert.
La charge mentale de la revente cumulée à la lenteur du tri progressif hérissent les pragmatiques, qui estiment avoir d'autres chats à fouetter.

Pour mener à bien un vaste tri, mieux vaut mettre son ego de côté, savoir que le processus va charrier des émotions moyennement agréables, et accepter d'avancer lentement.

Maintenant, si l'un de vos mécanismes s'active, vous saurez l'identifier.
Et vous ne serez pas désarmée, car vous allez constituer la meilleure des contre-attaques : votre « noyau dur » vestimentaire.

Les clés

> LE TRI EST AUSSI SIMPLE EN THÉORIE QUE LABORIEUX EN PRATIQUE.

> NOUS ACTIVONS PLUSIEURS MÉCANISMES DE DÉFENSE CUMULÉS ET/OU SUCCESSIFS FACE À LUI.

> ILS SONT AU NOMBRE DE 5 : LA CULPABILITÉ, LA HANTISE DU DÉSORDRE, LA CHARGE MENTALE DU DÉSTOCKAGE, LA PEUR DE MANQUER ET LA VALEUR SENTIMENTALE.

Le noyau dur

CES 7 TENUES PAR LESQUELLES TOUT DEVRAIT COMMENCER

OK, vous avez tout sorti de votre armoire.
Et si vous êtes allergique aux montagnes de fringues entassées, vous avez tout suspendu sur un (ou deux, ou trois...) portants à roulettes, et plié pantalons, shorts et jeans bien au carré sur le meuble le plus proche.
Et maintenant ?
C'est là, tout de suite, qu'il faut éviter cette impasse : trier vêtement par vêtement.

NE TRIEZ PLUS SANS PERSPECTIVE GLOBALE

La tactique des piles (je garde/je ne garde pas/je ne sais pas) tout comme le critère de la joie estampillé Marie Kondo (« Ce vêtement vous procure-t-il encore de la joie ou non ? ») ne vous assurent ni l'un ni l'autre de replacer dans votre placard une garde-robe opérationnelle.
Parce que dans ces méthodes, on examine chaque pièce une par une.
Or qui sort de chez lui habillé d'un seul vêtement et sans chaussures (ou inversement) ?

L'unité de mesure de votre garde-robe, ce n'est pas le vêtement, c'est la tenue entière.

Venus d'outre-Atlantique, les challenges minimalistes qui vous recommandent de réduire votre penderie à 33 pièces[14] ou de tourner sur 10 vêtements pendant 10 jours[15] sont certes ludiques.
Mais ne vous en servez pas comme filtres de tri. Ils ne vous permettront pas d'écrémer votre placard avec finesse, sans l'affadir ni y créer des « trous ».
Parce qu'ils abordent le problème à l'envers.
Ne vous demandez pas simplement combien vous devriez avoir de jupes, de manteaux ou de pulls. Demandez-vous déjà combien vous avez de tenues qui vous plaisent.
C'est le moment de vous visualiser habillée de pied en cap, plutôt que de phosphorer de manière abstraite face à une succession de vêtements isolés.

Votre meilleure stratégie pour neutraliser les cas de conscience, vos mécanismes de défense et les risques d'avoir une penderie bancale où il manque toujours quelque chose, c'est d'arbitrer par silhouette plutôt que par vêtement.

C'est en échangeant avec une de mes lectrices, Iris, que tout m'est apparu clairement.
Cette enseignante[16] tient depuis plusieurs années une liste de ses tenues préférées, celles qui lui donnent le plus confiance en elle.
Elle n'en a qu'une grosse dizaine par saison, les élabore dans le moindre détail, et ne porte qu'elles. Le tout tient sur une seule page Word.

14. Le « Défi 333 » imaginé en 2010 par l'autrice américaine Courtney Carver.
15. Le « 10×10 challenge », créé en 2015 par la styliste canadienne Lee Vosburgh.
16. Dont vous retrouverez une interview à la fin de ce livre dans le chapitre 5, « Organiser », page 153.

Au fil de nos conversations, je me suis aperçue que sa liste n'était pas simplement une aide formidable pour s'habiller le matin. Mais qu'elle serait aussi un outil de tri idéal pour qui veut porter l'intégralité de sa garde-robe.

LA SILHOUETTE, UN ACCÉLÉRATEUR DE TRI

Moi qui avais mis des années à affûter mon dressing par vagues successives en me penchant au chevet de chaque vêtement, quel temps j'aurais gagné !
Il fallait changer d'échelle.
Alors faites comme Iris, réfléchissez à vos silhouettes « parfaites » de la saison en cours. Repensez au chapitre sur la spontanéité[17], et à vos tenues « pare-balles ».
Trouvez la première.
Trouvez la deuxième.
Et ainsi de suite jusqu'à sept.

Cinq looks habillés et deux décontractés, histoire de vous projeter durant une semaine-type à la fois dans des contextes « formels » (travail et/ou sorties) et dans des temps de loisir ou de détente à domicile.

Détaillez : bas + haut + pardessus + chaussures + éventuels accessoires (sac, ceinture, bijoux, foulard, etc.).
En guise d'illustration, voici un exemple tiré de mon placard[18] :

17. Voir « La spontanéité, c'est surfait » dans le chapitre 1, « Diagnostiquer », page 46.
18. Téléchargez ce mémo vierge à la dernière page du *Dressing Code*.

Noyau dur DEMI-SAISON tenue formelle n° 1		
	HAUT T-shirt bleu marine à col rond	**BAS** pantalon à pinces à carreaux gris
	CHAUSSURES baskets montantes caramel	
	PARDESSUS blazer bleu marine	**ACCESSOIRES** • ceinture sangle rayée • sac à main vert sapin

N'oubliez pas non plus notre « triangle d'or », la convergence entre confort, beauté et style de vie.

Enfilez les tenues, prenez des photos, ou des notes.

Récupérez un portant vide, et accrochez-les dessus.

Vous y êtes ?

Le voilà, le « noyau dur » de votre saison.

En troquant l'approche vêtement par vêtement pour une vision d'ensemble, vous avez constitué naturellement votre « dressing de survie », opérationnel pendant une semaine complète.

> **La qualité intrinsèque de chaque pièce joue moins que sa capacité à entrer en synergie avec d'autres pour vous créer une tenue parfaite selon vos critères.**

Et voilà comment vous allez trier. En inversant la donne. En ne considérant plus le « look » comme la finalité de votre dressing épuré, mais comme son point de départ.

UNE ANNÉE, TROIS NOYAUX

Si vous avez déjà davantage que sept looks saisonniers parfaits, tant mieux, rajoutez-les à votre inventaire.
Ne cherchez pas à faire le vide pour le vide, ou à vous fixer un volume précis de vêtements à déstocker.
Ce serait prendre, encore une fois, le problème à l'envers.

> Consacrez d'abord votre énergie à ce que vous aimez et avez envie de garder, plutôt qu'à ce qui vous encombre et vous pose question.

LES 8 BONS RÉFLEXES POUR CONSTITUER VOTRE « NOYAU DUR »

1 Ne triez pas votre dressing vêtement par vêtement.

2 Ne cherchez pas à tout prix à faire le vide.

3 Réfléchissez à vos 7 tenues préférées de la saison en cours.

4 Par exemple, 5 formelles et 2 décontractées.

5 Respectez le « triangle d'or » pour chaque pièce : beauté/confort/style de vie.

6 N'oubliez aucun accessoire.

7 Documentez ces tenues : notes, photos, etc.

8 Déclinez l'exercice trois fois : hiver/été/demi-saison.

Il n'est de toute façon pas temps de régler le sort des vêtements « je ne sais pas », vous le ferez plus tard, grâce à un autre outil[19]. Menez d'abord cet exercice du « noyau dur » trois fois : pour l'hiver, pour l'été et pour la demi-saison. Inutile à ce stade de distinguer le vestiaire d'automne du vestiaire de printemps, sauf si votre climat de résidence vous y incite, bien sûr.

Et si, suite à l'exercice des grilles de contextes[20], vous ne savez pas quoi faire de vos tenues très habillées ou de vos affaires « de plage » que vous portez une semaine par an, rendez-vous au thème suivant.

Les clés

> NE TRIEZ PAS PAR ÉLIMINATION, NI VÊTEMENT PAR VÊTEMENT.
> FAITES L'INVERSE : FORMEZ LE « NOYAU DUR » DE VOTRE DRESSING EN RÉUNISSANT VOS SILHOUETTES PRÉFÉRÉES, AU MINIMUM 5 LOOKS FORMELS ET 2 LOOKS DÉCONTRACTÉS PAR SAISON.
> METTEZ LE RESTE DE VOTRE GARDE-ROBE EN STAND-BY JUSQU'À L'ÉTAPE SUIVANTE.

19. Voir « Le test des 2 portants » page 80.
20. Voir « Le syndrome du tapis rouge » dans le chapitre 1, « Diagnostiquer », page 29.

Les « grandes occasions »

VOUS FAUT-IL UNE GARDE-ROBE D'EXCEPTION ?

À quoi sert une robe spectaculaire ou un maillot de bain raffiné quand on vit dans la grisaille urbaine ou au milieu de nulle part ? Et une garde-robe de grossesse qu'on portera six mois à tout casser ?
À vous fabriquer des souvenirs d'exception.
Même si ce n'est qu'une fois par an.
Ou une fois dans votre vie.

Je me suis longtemps convaincue que les « grandes occasions » ne justifiaient pas d'investissements. Qu'une toilette très glamour n'en valait pas la peine, un une-pièce luxueux non plus. Du gâchis pour l'usage épisodique que j'en faisais.
J'ai changé d'avis.
C'est une réflexion de mon amie Géraldine qui m'a éclairée.
Sur son blog à l'été 2013[21], elle racontait son rapport aux photos de vacances et à la garde-robe qui va avec. « Réussir au moins un cliché qui traversera les années », résumait-elle, émue par un maillot de bain particulièrement photogénique. Elle avait tellement raison.
En la lisant, j'ai compris qu'on vit plusieurs fois chacune de nos « grandes occasions ». Voyages, mariages, grands rites de pas-

21. www.geraldinedormoy.com (blog fermé depuis)

sage familiaux ou professionnels... Il y a le jour J, puis ses échos : souvenirs, photos, réminiscences plus ou moins nettes.

Ainsi démultipliées, ces parenthèses dans nos existences nous impactent comme des bombes à fragmentation. Une matière mémorielle et sensorielle où le vêtement tient un premier rôle.

Géraldine évoquait les looks étincelants de sa mère dans les années 1960-1970.
Nos parents sont de la même génération. Méchamment stylée, qu'elle flânât en bord de mer ou aux « sports d'hiver », comme on disait à l'époque.

UN ART DE VIVRE ET DE S'HABILLER

Ma mère s'autorisait alors la même coquetterie 365 jours par an. Dignement accompagnée par mon père, qui avait toujours l'air réchappé d'un film avec Jean Rochefort et Jean-Pierre Marielle. Chacune de leurs photos avec mes grandes sœurs, de ces voyages ou festivités auxquels je n'ai pas participé, moi la petite dernière qui n'était pas encore née, me submerge de tendresse. Et j'ai compris, depuis, la part de rêverie vestimentaire qui y logeait.

Consacrons un véritable art de vivre et de s'habiller aux grandes occasions. Nul besoin de s'interdire ces vêtements-là, ni de les multiplier non plus. Tout est affaire de dosage.

VOTRE GARDE-ROBE DES « GRANDES OCCASIONS »

LE CONTEXTE	LE DRESSING
S'autoriser une tenue de soirée spectaculaire… et confortable.	Sur ce point, on ne lâche rien, aussi ondoyante et vert émeraude soit-elle, ma Robe Spectaculaire à moi ne se repasse pas, se porte avec du plat et tombe gracieusement, que je prenne ou perde une taille.
Investir (ou non) dans une garde-robe de grossesse.	Ne forcez pas votre nature. Si vous êtes à l'aise dans vos vêtements habituels, rien ne sert de casser votre tirelire. Mais si votre mue est un challenge, autorisez-vous à la célébrer. Et immortalisez-vous ! Vous chérirez ces photos.
Créer vos noyaux durs « montagne », « randonnée »… ou autre type d'échappée qui vous enchante.	Qu'elles soient savoyardes, islandaises ou berrichonnes, vos expéditions exigent du bon matériel de marche ou de glisse, dans lequel vous serez heureux de crapahuter… et de poser. Les grandes occasions peuvent aussi être affaire de vêtements « techniques » à choisir avec amour.
Donner ses lettres de noblesse au farniente.	Halte au look balnéaire avachi. Vos escales ensoleillées méritent quelques silhouettes flatteuses, faciles à vivre et à entretenir. Cherchez les vôtres (et cela inclut le bon sac et la bonne paire de lunettes).

Ajoutez tous ces vêtements extraordinaires, tissés d'imaginaire et d'exotisme, dans vos noyaux durs saisonniers.

Un exemple de mémo[22] à décliner :

Grande occasion : VACANCES AU BORD DE L'EAU	**MAILLOT DE BAIN** une-pièce noir à décolleté en v	
	HAUT kimono à imprimé géométrique	**BAS** jupe noire fluide longueur genou
	CHAUSSURES Claquettes ou tongs noires	
	SAC cabas en paille tressée	**ACCESSOIRES** • lunettes de soleil à monture en écaille • foulard fleuri glissé dans le chignon

Cette interrogation sur des garde-robes aussi ponctuelles peut paraître mineure. Mais je vous y incite dès maintenant, car elle vous sera essentielle pour ne pas faire de tri intempestif.

ATTENTION À L'EXCÈS DE ZÈLE

Effectivement, une montagne de sous-pulls de ski ou de liquettes de plage ne vous aidera pas au moment de faire vos valises.
L'attention et le plaisir se diluent.
La vision perd en précision.
La fatigue décisionnelle prend les commandes et donne envie de tout liquider, pour se débarrasser du problème.

22. Téléchargez la version vierge à la dernière page du *Dressing Code*.

Il ne s'agit pas d'être radical jusqu'à en garder le moins possible. Mais d'apporter des réponses claires et concises à toutes les occasions, les petites comme les grandes.

Un juste milieu plus délicat à atteindre, demandant davantage de raisonnement et de temps qu'un déstockage massif.
Et qui exige de démasquer quelques ennemis intimes végétant dans nos garde-robes surchargées, à commencer par les vêtements « à la mode » auxquels nous allons consacrer le prochain thème.

Les clés

> LES GRANDES OCCASIONS TRANSFORMENT VOS VÊTEMENTS EN BOMBES MÉMORIELLES.
> CONSACREZ-Y UN VÉRITABLE ART DE VIVRE ET DE S'HABILLER.
> Y COMPRIS POUR LES ÉQUIPEMENTS PLUS « TECHNIQUES », EUX AUSSI VÉHICULES DE SOUVENIRS IMPÉRISSABLES.

Les plaisirs démodés

ROMPRE POUR DE BON AVEC LE MANÈGE DES TENDANCES

La mode, cet éternel recommencement.
C'est une bonne nouvelle pour votre style, mais une mauvaise pour votre armoire. Dans laquelle stagnent probablement quelques pièces anciennement ou actuellement dans le vent, que vous peinez à analyser avec objectivité.
Tant elles vous semblent datées au carbone 14.
Ou ballottées par leur valeur fluctuante sur deux marchés antagonistes, celui de la tendance et celui du snobisme.
Elles redeviendront désirables à un titre ou à un autre, c'est sûr. Mais quand ?

À force de guetter le bon moment pour les ressortir, le résultat est le même : ce sont des vêtements que vous vous interdisez de porter librement. Qui encombrent vos étagères mentales et oblitèrent vos besoins. De véritables anguilles vestimentaires.

On connaît toutes une malheureuse, convaincue d'avoir découvert la marinière comme Christophe Colomb l'Amérique, et qui a clamé haut et fort vouloir ranger la sienne jusqu'à ce qu'elle n'en croise plus « sur tout le monde ».

Les pauvres doivent encore attendre.
Ou ont modéré leurs ardeurs depuis.
Jean Paul Gaultier se préoccupe-t-il de singularité quand il arbore la sienne ?

LE PIÈGE DE LA COMPARAISON

Il n'y a pas de pièces immunisées contre une démocratisation massive ou un potentiel retour de hype (même les plus improbables, les arbitres du cool étant capables de tout).
La quête du « bon moment » comme celle du vêtement ou de l'accessoire qu'on « ne verra pas sur tout le monde » sont une incongruité, doublée d'une perte d'énergie.
C'est laisser la rareté l'emporter sur la beauté. L'air du temps décider de notre agenda. Et les métiers de l'habillement en tirer profit.
Car ils ont parfaitement analysé ces mécanismes.
Nos désirs d'inclusion comme de distinction font leur bonne fortune.
« Tuer » une pièce tendance à force de la surexposer leur permet aussi de nettoyer le marché pour mieux y injecter un nouveau produit.

> **L'effet overdose fait partie du manège des tendances, il crée de toutes pièces un appétit de nouveauté dont nous sommes les marionnettes consentantes.**

Quant à notre soif d'exclusivité, elle nourrit une flambée des tarifs chez certains professionnels du vintage et de la pièce unique, trop heureux de nous faire payer à prix d'or notre envie de nous démarquer.
Alors simplifiez-vous la vie une bonne fois pour toutes.

N'invitez dans votre placard que des vêtements que vous êtes prête à porter sur-le-champ. Et à rencontrer à tous les coins de rue.

Les clés

> SI VOUS GUETTEZ LE « BON MOMENT » POUR REPORTER UN VÊTEMENT C'EST MAUVAIS SIGNE.

> SORTEZ DÉFINITIVEMENT DE VOTRE ARMOIRE LES PIÈCES QUE VOUS SENTEZ FRAGILISÉES PAR LA COMPARAISON AVEC AUTRUI.

Les fringues boulets

CES VÊTEMENTS QUI PLOMBENT NOTRE DRESSING (ET CE QU'ILS DISENT DE NOUS)

Vous avez évité de les affronter jusqu'ici. Mais l'heure est venue. Si vous avez un peu de place chez vous, et pas mal de culpabilité à revendre (coucou, les affectives[23] !), vous les collectionnez certainement.
Qui ? Les fringues boulets. Ces vêtements ou accessoires plus très excitants que nous gardons par bonne conscience. Ou parce que notre force d'inertie nous terrasse.

Ce n'est pourtant pas faute d'avoir essayé de :

- laisser reposer une ou plusieurs saisons, pour voir si le manque crée le désir ;
- tenter des associations nouvelles qui sentent plus l'effort que le plaisir ;
- leur offrir une nouvelle coupe à la retoucherie.

Nous continuons d'espérer un petit miracle, une illumination brutale face à un vêtement peu ou mal porté pendant des années.

23. Voir « Quel est votre ADN vestimentaire ? » dans le chapitre 1, « Diagnostiquer », page 33.

C'est arrivé parfois.
Un pull un peu court trouvant enfin la jupe taille haute qui le met en valeur.
Une paire de bottes claires, un sac tricolore ou un manteau imprimé brutalement apprivoisés, sans trop comprendre comment ni pourquoi, après des années de purgatoire.

L'ÉTERNEL BÉNÉFICE DU DOUTE

Oui, ces épiphanies arrivent.
Mais combien de fois ? Trois, cinq, huit ?
Un ratio faiblard par rapport à nos dizaines de boulets, et qui continue pourtant de nous faire hésiter face à chaque mauvais élève de notre armoire.

Par hantise des remords, notre garde-robe est plombée par ce dressing bis.

Parfois nous le stockons ailleurs que dans notre penderie quotidienne, histoire de ne pas s'en agacer tous les matins. Mais il est là, quelque part, chez nous. Une présence en arrière-plan qui nous gâche la vue. Un larsen qui brouille notre message. Et nous englue, nous empêchant d'y voir clair et de garder une bonne dynamique vestimentaire.
Pourtant il y a prescription, pour la plupart de ces vêtements qui nous font douter. Ils sont là depuis tant d'années qu'il n'y aurait rien de scandaleux à leur dire adieu.
Alors pourquoi les laisse-t-on s'incruster ?
Parce qu'ils parlent de nous, de nos freins, de ces illusions dont il nous est encore difficile de faire le deuil.

CES 10 EXCUSES QUI LAISSENT PULLULER LES FRINGUES BOULETS

L'ILLUSION	LA PHRASE TYPE
1 - Surestimer ses compétences	« Je suis capable de faire quelque chose de ce vêtement. »
2 - Ne pas voir le vêtement dans sa globalité	« Pourtant, cette couleur est géniale. »
3 - S'accrocher au passé	« J'adorais la silhouette que j'avais imaginée autour de cette robe il y a dix ans. »
4 - En faire une question de politesse	« Se débarrasser d'un cadeau, ça ne se fait pas. »
5 - Fantasmer un autre style de vie	« Je trouverai bien une occasion de porter ça. »
6 - Ne pas faire entendre sa propre voix	« Cette fille dont j'admire l'allure assure qu'elle ne jette jamais rien. »
7 - Culpabiliser de se méconnaître	« C'est mal de se lasser, non ? »
8 - Être paralysée par l'effet masse	« Il y en a tellement, je ne vais quand même pas déstocker TOUT ÇA. »
9 - Se croire objective face à un vêtement	« Depuis le temps, je sais me poser les vraies questions. »
10 - Se laisser intimider par la qualité	« Je ne peux pas renoncer à une pièce aussi chère et avec de si belles finitions, même si sur moi ça ne colle pas. »

Moralité ? Aussi légitimes soient-ils, nos boulets nous coupent de deux dynamiques vestimentaires fondamentales :

- cerner ce que l'on aime vraiment (en éliminant les parasites et les faux amis[24]) ;
- laisser nos envies évoluer parallèlement à notre style de vie. Qu'il implique des mutations radicales (déménagement, changement de job, de budget, agrandissement de la famille) ou tout simplement, des goûts qui se modifient avec l'âge.

Le plus dur n'est pas de vous passer de vos boulets. C'est de décider de vous en passer.

Alors pour vous accompagner en douceur, pour « faire comme si » avant de faire vraiment, un outil décisionnel progressif vous sera précieux.
Je l'appelle le « test des deux portants ».

Les clés

> DANS LE STOCK DE VÊTEMENTS QUI N'ONT PAS INTÉGRÉ VOTRE NOYAU DUR SE TROUVENT VOS « FRINGUES BOULETS ».
> IL VOUS EST AUSSI DIFFICILE DE LES PORTER QUE DE VOUS EN SÉPARER.
> TOUTES PERDURENT GRÂCE À DES ILLUSIONS TENACES, QUI VOUS RACCROCHENT À UNE VIE VESTIMENTAIRE FANTASMÉE.
> CES FREINS VIENNENT S'AJOUTER AUX 5 MÉCANISMES DE DÉFENSE DÉJÀ ACTIVÉS PAR LE PROCESSUS DE TRI.

24. Voir le thème suivant « Le test des 2 portants » et également le thème « Science du T-shirt » dans le chapitre 3, « Se révéler » page 100.

Le test des 2 portants

C'EST LE CINTRE DE LA DERNIÈRE CHANCE

Vous avez fait le plus dur.
Tous les vêtements et accessoires que vous n'avez pas sélectionnés dans votre noyau dur ont déjà un pied dehors.
Un filtre bien plus naturel et constructif que d'arbitrer pièce par pièce.
Alors pour parachever cet écrémage, repêcher ceux qui le méritent et éradiquer les autres, voici le test des deux portants.
Vous aurez besoin de :

- 2 portants vides, idéalement à roulettes pour être déplacés plus aisément ;
- 2 très grands sacs souples, type Ikea ;
- ... 2 mois !

PASSER LE POINT DE NON-RETOUR

Une petite logistique, un peu de bazar, mais ce sont deux mois pendant lesquels il va se passer un truc formidable : vous allez être hyper bien dans vos vêtements, tous les jours.
Et après ça, vous n'aurez plus envie de revenir en arrière.

LE TEST DES 2 PORTANTS (EN 8 ÉTAPES)

1 Accrochez sur le portant n° 1 votre « noyau dur » de la saison en cours + celui de la saison à venir (par exemple, demi-saison + hiver si vous faites ce test en octobre).

2 Déposez dans les grands sacs ce que vous êtes instantanément sûre de ne pas garder (utilisez un sac pour les chaussures, un sac pour les vêtements et autres accessoires).

3 Accrochez le reste sur le portant n° 2, que l'on appellera « il faut que je réfléchisse ».

4 Lequel est le plus chargé ?

5 Si c'est le portant « noyau dur », suspendez son contenu dans votre penderie habituelle et pendant deux mois, ne vous habillez qu'avec ce qu'il y a dedans (accessoires inclus) sans plus toucher au portant « il faut que je réfléchisse » que vous exporterez hors de vue (débarras, grenier, cave non humide, etc.).

6 Si le portant « il faut que je réfléchisse » est surchargé et menace de s'effondrer, transférez son contenu dans votre armoire et... fermez à clé. Pendant deux mois, habillez-vous uniquement avec le portant « noyau dur », gardé à portée de main.

7 Loin des yeux, loin du cœur. Après ces deux mois d'autarcie, ressortez votre sélection « il faut que je réfléchisse » pour l'examiner d'un œil plus neutre.

8 Identifiez-y les doublures, les hors sujet, les orphelins et les notables décrits dans le tableau suivant.

DU NOTABLE À L'ORPHELIN

L'éventail de vos ressources pour mener à bien le processus de tri n'est pas encore complet.

Le désencombrement opère par balayages successifs et cumulatifs, avec à chaque palier un nouvel outil pour trier plus en profondeur.

Après avoir identifié les 5 mécanismes de défense[25] et les 10 illusions vestimentaires qui entravent[26] votre déstockage, analysez à présent la nature-même des vêtements qui restent problématiques, pour mieux arbitrer à leur sujet.
En voici 4 faciles à détecter :

4 CATÉGORIES DE VÊTEMENTS FACILES À DÉSTOCKER

NOM DE CODE	QU'EST-CE QUE C'EST ?	GARDER OU DÉSTOCKER ?
Les doublures	Tout commence par un vêtement qui vous enthousiasme tant et fonctionne si bien sur vous que vous ne résistez pas à l'envie de remettre ça. Et de lui adjoindre un petit frère ou une petite sœur (voire plusieurs). Mais souvent imité, jamais égalé, l'original règne sans partage dans votre cœur. Et ses « doublures » sont condamnées à faire tapisserie.	☐ garder ☒ déstocker Le syndrome du « même en moins bien » est un fléau pour votre dressing comme pour votre look.

25. Voir dans ce chapitre le thème « L'enfer du tri », page 56.
26. Voir dans ce chapitre le thème « Les fringues boulets », page 76.

Les hors sujet	Scannez votre noyau dur de saison. Un fil d'Ariane y relie vos tenues, pas forcément esthétiquement, mais certainement en termes de confort, de style de vie. Ce qui s'en écarte est « hors sujet » pour vous. Ce peut être une hauteur de talons, une longueur de robe ou de pantalon, le toucher d'une étoffe ou d'une maille, le format d'un sac… Si vous étiez vraiment à l'aise avec, vous le sauriez déjà.	☐ garder ☒ déstocker Soyez férocement pragmatique. Si ça ne fait pas ses preuves à l'usage, c'est non.
Les orphelins	Dans le sillage des orphelins, il y a l'idée d'un style, d'une silhouette, bref, un vrai potentiel. Mais au fil des jours d'inactivité dans votre penderie, le verdict tombe : il vous manque un camarade de jeu nécessaire pour donner naissance à ce look. Si c'est une jupe, il faudrait le bon haut. Si c'est un pantalon, les bonnes chaussures, etc. En un mot, les orphelins sont des acquisitions qui en engagent d'autres. Et qui, en attendant leurs + 1, restent au chômage technique.	☒ garder Si le + 1 qui manque à votre orphelin vous semble compatible avec d'autres tenues. Sinon ? ☒ déstocker
Les notables	Quand vous décidez que plus rien d'autre qu'un vêtement ou accessoire *parfait* ne séjournera dans votre placard, la Qualité avec un grand Q paraît le critère de sélection le plus simple. C'est vrai à l'achat, mais ça peut se compliquer à l'usage. Dans	☐ garder ☑ déstocker Parce qu'il faut apprendre à désacraliser la qualité.

la plupart des garde-robes, il y a des surprises, du *cheap* qui fait merveille, et du chic qui fait pschitt. Ne vous laissez pas intimider par ces « notables », ces pièces de qualité avec lesquelles la mayonnaise n'a pas pris. Mais qui prennent, elles, racine dans votre dressing.

Avez-vous identifié des **hors sujet**, des **notables** et des **doublures** sur votre portant « il faut que je réfléchisse » ?
C'est le moment de les rajouter sans remords ni regrets dans vos sacs de tri.
Réintégrez vos **orphelins** uniquement si vous avez pu imaginer d'autres looks avec leurs futurs + 1.
Voyez-les comme des jalons posés pour plus tard, des éclairs de génie précoces qui ouvriront la voie à d'autres.
Et en attendant, continuez de vous exercer à inscrire noir sur blanc vos idées de tenues. Pour amorcer la pompe de l'inspiration.

Augmenter la sélectivité à l'entrée de votre dressing doit devenir une seconde nature. Et trier avec discernement, un préalable.

Les clés

> UN TRI EFFICACE S'OPÈRE PROGRESSIVEMENT AVEC DES OUTILS CUMULATIFS À CHAQUE PALIER.
> LE TEST DES 2 PORTANTS VOUS PERMETTRA D'ÉPROUVER LE MANQUE OU L'INUTILITÉ D'UN VÊTEMENT OU ACCESSOIRE DE SAISON PENDANT 2 MOIS.
> À L'ISSUE DE CES 2 MOIS, VOUS POURREZ IDENTIFIER ET ÉLIMINER PLUS FACILEMENT LES DOUBLURES, NOTABLES ET HORS SUJET.
> ET VOUS STATUEREZ SUR LE POTENTIEL DE VOS « ORPHELINS ».

Les œillères

NE VOUS FOCALISEZ PAS (ENCORE) SUR CE QUI VOUS MANQUE

- Noyau dur
- Garde-robe de vacances et de grandes occasions
- Plaisirs démodés
- Fringues boulets
- Doublures
- Notables
- Hors sujet
- Orphelins

Vous avez tout identifié et débusqué ? Bravo ! Mais nous ne sommes même pas à la moitié du livre… y aurait-il donc un loup ? Mieux que ça : une spirale vertueuse que vous venez d'enclencher, et dont nous allons explorer la moindre parcelle.

PARFAITS, MAIS POURQUOI ?

La mécanique de tri, et particulièrement l'exercice des « orphelins », vous a fait rêver à de nouveaux vêtements, c'est légitime. Avant de plonger dans ces spéculations et de les transformer en plan d'action concret, il vous faut tirer toutes les leçons de ce qu'il y a déjà dans votre armoire, patiemment et amoureusement écrémée.

Votre objectif reste le plaisir de choisir, chérir, porter et reporter chacun de vos vêtements ou accessoires parce qu'il est parfait dans son genre. Et donc d'analyser pourquoi il l'est.

Voilà pourquoi la partie axée « shopping » arrive plus tard dans cette méthode.
Pour impulser un véritable changement de paradigme, pour vous assurer de porter l'intégralité de votre garde-robe, vous devez d'abord consacrer toute votre attention à vos acquis.

NE VOUS DÉBARRASSEZ PAS ENCORE DE VOS INDÉSIRABLES

Laisser en plan tous ces vêtements dont vous ne voulez plus ? Absolument.
Sortez-les définitivement de votre placard et stockez-les dans un coin jusqu'à nouvel ordre.
Vous avez besoin de temps et d'espace mental pour aborder la prochaine phase du processus. Et pas de poster des annonces de revente à tour de bras.

Mettez des œillères, à la fois sur vos vêtements passés et à venir. Il est temps de radiographier le fruit de votre tri.

C'est rien moins que votre patrimoine vestimentaire.
Et à ce titre, vous allez l'étudier avec les outils appropriés.

Les clés

> IL N'EST PAS ENCORE TEMPS DE VENDRE OU DONNER VOS ANCIENS VÊTEMENTS ET D'EN ACHETER DE NOUVEAUX.

> GARDEZ DE L'ÉNERGIE ET DE L'ESPACE MENTAL POUR ANALYSER PLEINEMENT CEUX QUE VOUS AVEZ GARDÉS.

CHAPITRE 3

Se révéler

Haut en couleur

UN SYSTÈME INFAILLIBLE POUR FAIRE COLLABORER VOS VÊTEMENTS

Je vous rassure tout de suite. On ne va pas causer colorimétrie saisonnière, « femme d'automne ou d'été », couleurs froides ou chaudes, « draping » et autres techniques sophistiquées des conseillers en image pour déterminer ce qui vous va au teint. Laissons cela aux professionnels du relooking et aux consultations sur mesure.

HIÉRARCHISEZ VOS COULEURS PRÉFÉRÉES

Parlons plutôt de votre palette de couleurs actuelle. Celle qui est déjà dans votre placard.
Oui, vous en avez une. Qu'elle ressemble à un arc-en-ciel à la Carrie Bradshaw dans *Sex and the City* ou à un concerto blanc/beige/gris/marine/noir digne de Claire Underwood, la présidente de *House of Cards*. Dressings aussi éblouissants l'un que l'autre, dans des registres radicalement opposés.
Votre nuancier personnel donne l'impulsion de votre garde-robe. Et vous n'avez pas besoin de ranger vos vêtements par couleur pour en éprouver toute la puissance.

4 QUESTIONS À VOUS POSER SUR LES COULEURS

1. Quelles sont les teintes avec lesquelles vous avez bonne mine ?
2. Quelles sont celles avec lesquelles vous avez mauvaise mine ?
3. Vers quelles nuances êtes-vous spontanément attirée ?
4. Lesquelles achetez-vous en ayant inéluctablement du mal à les arborer ?

Dans la foulée de ce questionnaire, munissez-vous d'un schéma de palette comme celui de la blogueuse et autrice berlinoise Anuschka Rees[27], impeccable avec sa typologie en trois catégories :

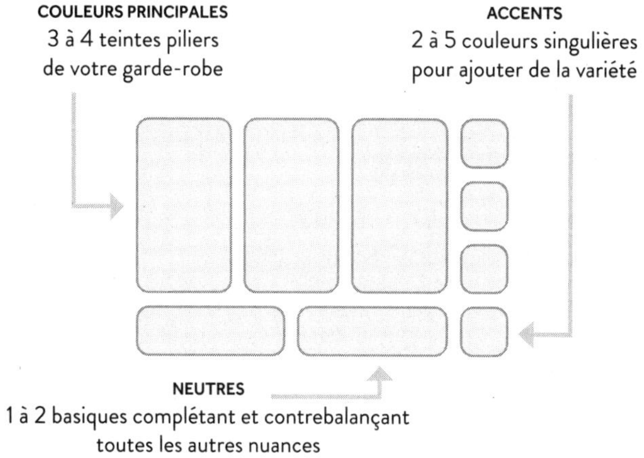

27. *The Curated Closet* (Ten Speed Press, 2016).

Tout le bénéfice de cette approche réside dans son accessibilité : les piliers peuvent englober des teintes vives ou neutres, claires ou sombres. Mais ce sont toujours eux les « murs porteurs ».

Dénombrez les 3 à 4 teintes les plus représentées dans votre armoire (sans oublier les accessoires). Ce sont vos **couleurs principales.**
Ensuite passez aux **neutres** : gris, beige, blanc, noir et marine, gageons que vous en portez au moins un.
Puis à la toute fin, désignez vos **accents.** Ces teintes plus rares et singulières, qui peuvent aller du bleu canard au vert bouteille en passant par un rouge pétard, un ocre ou un rose fuchsia.
Reportez chaque couleur sur votre schéma et observez leurs conjugaisons.

- Lesquelles s'harmonisent naturellement ?
- Lesquelles jurent ensemble ?
- Lesquelles vous semblent dispensables ?
- Lesquelles n'aviez-vous jamais pensé à associer alors qu'elles sont déjà dans votre placard ?

ACCORDS ET DÉSACCORDS

Au fil de votre analyse chromatique, vous allez plus aisément :

- mettre le doigt sur les **bonnes alliances** ;
- faciliter une prochaine vague de **tri** (même si ce dont vous songez à vous séparer est pile dans votre palette. Oui, ça arrivera et non ce n'est pas grave) ;
- et bien sûr, orienter de futurs **investissements** à compatibilité maximale.

Car là encore, le plaisir ultime de votre nuancier, c'est de constater à quel point les teintes y entrent en synergie.

Je me souviens avoir préparé une valise aussi rapide que redoutable pour partir en vacances en Espagne il y a quelques années, juste après avoir fixé ma palette.
J'avais emporté du kaki, du caramel, du noir et du bordeaux.
Peu importe ce que je choisissais de porter. Hauts, bas, chaussures, sac, tout était compatible avec tout.

Je n'avais rien modifié à ma garde-robe, j'avais juste optionné de meilleures associations.

Faire le point sur mon nuancier m'a aussi permis de limiter mes vieux travers, comme ma tendance à me réfugier dans le noir quand je manque d'inspiration.
Dans mes neutres, j'ai fait monter en puissance le bleu marine au détriment du beige, souvent terne sur moi.
J'ai mis le turbo sur le bordeaux, accent devenu un pilier.
Remisé le corail, trop estival, pour du vermillon qui me va toute l'année, bronzée ou non.
Mais le kaki et le caramel sont toujours en première ligne dans mes piliers, et le vert émeraude dans mes « accents » (le vert émeraude associé au bleu marine ou au bordeaux… extase).
Je sais qu'un vêtement ou accessoire acheté dans une de ces teintes a un job qui l'attend chez moi.
Et j'ai beau fondre pour les teintes pastel en matière de décoration et d'atmosphères (mon fil Instagram l'atteste), je continue de les éviter au rayon textile… sauf pour mes deux petites filles.
Chaque chose à sa place, et à chacun(e) sa palette.

Votre nuancier vestimentaire n'a pas nécessairement tout à voir avec vos couleurs préférées.

N'OUBLIEZ PAS LES CHEVEUX

Ne négligez pas l'impact d'un changement de couleur capillaire. Cette teinte-ci compte tout autant dans votre palette personnelle.
Demandez à toutes les blondes (re)devenues brunes si elles portent encore autant de noir qu'avant...
Un roux embrasera de lui-même une palette vestimentaire minimaliste et froide.
Pendant qu'une crinière ténébreuse ne se refusera aucune fantaisie chromatique.
J'en ai fait l'expérience lorsque je suis devenue rousse à deux reprises, pendant quelques mois. Tout ce que je trouvais fade dans mon placard en tant que brune fut soudain illuminé, y compris le total look noir ou gris.
En revanche, j'ai dû avoir la main plus légère sur les mélanges de couleurs et imprimés bariolés, sous peine de virer « Dame Ginette ».
Ça ne vaut pas pour tous les roux, mais c'était nécessaire pour le mien, assez « chimique » et cumulé à une coupe ébouriffée.

Même topo quand on décide de ne pas ou plus teindre ses cheveux gris ou blancs. Un changement de coupe est souvent le bienvenu. Une mise à jour de palette aussi.

Comme le raconte Sophie Fontanel dans son récit *Une apparition*[28], les cheveux gris ou blancs peuvent être un booster d'éclat insoupçonné, il suffit de regarder l'allure des journalistes Élisabeth Quin ou Sarah Harris[29] pour s'en convaincre.

28. Éditions Robert Laffont, 2017.
29. Rédactrice en chef adjointe du *Vogue* britannique.

Alors si vous leur emboîtez le pas, ne vous privez pas de nouvelles explorations chromatiques.

Les clés

> DISTINGUEZ VOS COULEURS PRÉFÉRÉES DE CELLES QUI VOUS DONNENT BONNE MINE.

> UTILISEZ LE SCHÉMA DE PALETTE POUR HIÉRARCHISER VOS TEINTES FÉTICHES ET MIEUX COORDONNER VOS VÊTEMENTS.

> METTEZ À JOUR VOTRE PALETTE SI VOUS CHANGEZ DE COULEUR DE CHEVEUX.

Au centimètre près

POURQUOI MESURER VOS VÊTEMENTS PRÉFÉRÉS VA CHANGER VOTRE VIE

L'harmonie est aussi une question de mathématiques.
La preuve ? Le blazer, aussi parlant pour la gent masculine que féminine. Et parce qu'il fait partie de ces vêtements plus ardus à apprivoiser que leur réputation de « basique »[30] ne le laisse penser.

TROUVER SON MÈTRE ÉTALON

J'ai dû acheter un volume conséquent (et déprimant) de blazers de coupes hétéroclites, et fini par croire que j'étais condamnée à une dégaine de conseillère régionale, avant d'enfin percuter quelles proportions étaient faites pour moi. Structurant ma silhouette sans la vieillir ni l'épaissir.

Je ne dois pas cette révélation à un trait de génie tardif, mais à la rencontre fortuite du bon modèle. En tombant sans l'anticiper sur « le » blazer, le mètre étalon qui allait guider mes autres achats du même type.

30. Nous y reviendrons en détail dans le thème suivant, « Science du T-shirt », page 100.

La coupe en question (longue, col châle, épaules étroites) étant plutôt rare sur le marché, j'ai mis du temps à faire cette découverte.
Quand un coup de chance comme celui-ci se présente, lorsqu'un vêtement semble fait sur mesure pour nous, il faut aller au bout de cette logique, et prendre son mètre ruban.
C'est ce que j'ai fait avec mon blazer idéal et aussi ma tunique parfaite. J'ai mesuré leur longueur, de l'épaule à la hanche.
Et c'est devenu ma jauge. Je ne m'en écarte plus, pour trier comme pour acheter.

LONGUEUR DE JUPE ET HAUTEUR DE TIGE

Que mesurer d'autre ?
Vos robes, jupes ou chaussures.
Intéressez-vous notamment à la hauteur de tige, cette partie de la chaussure remontant sur la cheville et le tibia, qui peut vous tasser si elle est trop courte ou trop longue (sauf bien sûr si vous avez des mollets de danseuse et que tout vous va). J'ai découvert cette mesure-clé grâce à une vieille paire de biker boots, qui m'ont réconciliée avec le port du slim tellement elles ont un effet « galbant ».
Avec quelle longueur de robe rééquilibrer une chaussure qui coupe la jambe, comment élancer la silhouette sans perdre en confort, ou gagner en chic avec les bons volumes ?

> **À chaque nouvelle mesure, vous résoudrez l'un de vos « challenges » vestimentaires, et vous vous approcherez des proportions idéales pour votre morphologie et votre style.**

Pour trouver votre hauteur de talon idéale, là encore, rien ne vaut une rencontre inopinée avec LE bon modèle. Cette mesure ne remplacera pas un essayage pour vérifier la cambrure, mais vous permettra déjà de filtrer vos recherches si vous commandez souvent sur Internet.

MIEUX ACHETER D'OCCASION

J'ai longtemps été surprise par les acheteuses de seconde main qui me demandaient les mesures à plat de mes vêtements.
Plus maintenant.
Elles avaient le bon réflexe. Quand on achète sur un vide-dressing, c'est d'une aide cruciale, parce qu'on a encore plus la flemme (ou l'embarras) de renvoyer un vêtement d'occasion. Autant viser juste tout de suite.

MIEUX ACHETER EN LIGNE

Une majorité d'enseignes se bornent encore à vous donner la taille du vêtement immortalisé et celle du mannequin qui le porte. En ce qui me concerne, savoir qu'une liane mesurant 1,78 m porte telle fringue en S, ça ne m'aide pas des masses.
Idem avec les outils statistiques qui permettent de nous recommander du S ou du L selon les taux de retour des clients précédents. Un vêtement peut être techniquement « à notre taille » et néanmoins trop court ou trop long à notre goût. Les mesures en centimètres nous feraient gagner du temps, chers marchands, à bon entendeur !

TRIER

Arrêtez de vous torturer avec ce truc qui ne vous va pas, si vous en avez la preuve mathématique sous les yeux. Il y a quelques centimètres en moins ou de trop, voilà.
Et la prochaine fois, vous saurez.

FAIRE DES RETOUCHES

Transformer des robes en tops ou raccourcir des pantalons ne sera qu'un début. Si vous êtes audacieuse comme la styliste personnelle Isabelle Thomas[31] pourquoi pas, carrément, couper des bottes ?

Les clés

> NE CHERCHEZ PLUS LA VARIÉTÉ SI VOUS AVEZ TROUVÉ UNE COUPE PARFAITE.

> MESUREZ ET DÉCLINEZ CES PROPORTIONS SUR UN MAXIMUM DE SILHOUETTES.

> TRIEZ, ACHETEZ ET RETOUCHEZ EN CONSÉQUENCE.

31. Éditrice du blog et du podcast Mode Personnel(le), autrice de *Mon dressing idéal* (éditions Solar, 2015), coautrice de la collection « *You're so French* » avec Frédérique Veysset (éditions de La Martinière, 2012).

Science du T-shirt

POUR EN FINIR AVEC LES BASIQUES MALVEILLANTS

Vous êtes-vous déjà sentie en échec devant une chemise blanche ? Ce basique universel censé embellir tout le monde alors qu'en réalité il peut vous donner mauvaise mine et vous faire prendre 5 kilos ?
Progresser vers une garde-robe plus pertinente, c'est aussi déloger ces faux amis qui squattent notre paysage vestimentaire.
D'ailleurs il y a plus vicieux encore que la chemise blanche : le T-shirt.

QUOI DE PLUS TRAÎTRE QU'UN T-SHIRT ?

Derrière le produit ordinaire, fabriqué par wagons entiers, se cache un fourbe qui ne vous pardonnera rien.
Léonard de Vinci lui-même en convenait : « La simplicité est la sophistication suprême. »
Coupe au cordeau, coton ni trop fin ni trop épais qui souligne sans boudiner, emmanchure et encolure millimétrées... le T-shirt idéal ne supporte pas l'à-peu-près.
La coupe parfaite ne court déjà pas les rues. Mais ensuite, elle doit être parfaite sur vous.
Et c'est là que ça se complique encore.

Prenons le T-shirt à col V, bénéficiant d'une réputation mondiale de basique décontracté-chic.
Ce n'est pas moi qui échoue à trouver le bon modèle depuis 38 ans.
Juste, ça ne me va pas. Une question de morphologie qui ne m'avait jamais sauté aux yeux, avant de comparer plusieurs encolures différentes sur un T-shirt de la même teinte.

CHIC SUR LES AUTRES, PAS SUR MOI

Une fois enfilé sur ma silhouette charpentée, le col V manque tragiquement de classe en version T-shirt, alors qu'il est flatteur dans un volume flou (blouse, chemise, robe...). D'où mon entêtement stérile, pendant que la bonne coupe m'attendait sagement depuis des années (col bateau ou ras du cou).

> **Tour de poitrine, largeur d'épaules, galbe du bras et du ventre, avec un T-shirt vous ne planquez rien, tout est en première ligne.**

Seule une remise en question des discours prémâchés sur les valeurs sûres à posséder les yeux fermés, doublée d'un essayage méthodique, m'ont permis de découvrir ma valeur sûre.
Mon « T-shirt blanc à col V » à moi s'est révélé être un T-shirt bleu marine à col rond. Beaucoup plus seyant avec mon gabarit et ma carnation.
Dans la même veine, mon « trench beige intemporel » serait plutôt un manteau... tricolore à carreaux (juré je n'exagère pas[32]).
Pour entretenir et faire fructifier votre patrimoine vestimentaire, laissez tomber les raccourcis, les autoroutes, les pseudo-évidences.
Il n'y a pas de basique universel.

32. Voir le thème « Le CV de la fringue » dans ce chapitre, page 109.

EXERCEZ VOTRE RADAR

Écoutez plutôt ce que votre armoire a à vous dire.
Un T-shirt qui vous va bien n'y séjourne pas par hasard, il a beaucoup à vous apprendre sur vous, sur ce qui vous sied, sur ce que vous avez tout avantage à cibler. Comme notre blazer du chapitre précédent.

Parfois, vous progresserez par palier. Vous tournerez autour d'une idée, par cercles concentriques.

Comme moi autour de mes pantalons larges.
J'aimais l'attitude, je sentais le potentiel sans réussir à me l'approprier.
Parce que j'en gardais une vision un peu floue (« un pantalon large c'est un pantalon large ») sans faire attention aux détails.
J'en suis passée par le large et long à taille basse avant de comprendre que c'était du large et court à taille haute qui m'allait le mieux.
Maintenant je le sais. Et j'ai bazardé tout ce qui s'en écartait, comme on arrache un pansement.
Alors déployez votre propre science des basiques.

Un jean, une paire de baskets blanches ou de nu-pieds en cuir noir… Plus un vêtement semble simple, sans fioritures et intemporel, plus sa coupe, sa matière et ses finitions sont instructives.

En les décelant, vous exercez votre œil.
Et en exerçant votre œil, vous devenez un radar. Un radar à coupes parfaites pour vous.

Les clés

> REMETTEZ EN QUESTION L'IDÉE DE BASIQUES UNIVERSELS.
> ÉTUDIEZ LES DÉTAILS DE COUPE ET DE MATIÈRES SUR VOS PIÈCES TRÈS SIMPLES ET GARDEZ-LES EN RÉFÉRENCE.

Cost per wear

LE VRAI COÛT D'UN VÊTEMENT SE CALCULE APRÈS SON ACHAT

Vous connaissez l'adage ? « Je n'ai pas assez d'argent pour acheter bon marché. »
Il y a le prix du vêtement. Et puis il y a son amortissement.
Une paire de nu-pieds à 30 euros fusillée chaque été vous coûte plus cher que des tropéziennes à 200 euros que vous garderez pendant dix ans.
Une parka à 375 euros portée pendant un mois vous coûte moitié moins cher qu'une robe à 50 euros arborée deux soirées.

LE COÛT PAR UTILISATION

C'est le principe du *cost per wear*. Le coût par utilisation, que l'on calcule en divisant le prix d'achat par la fréquence d'usage.

CALCULER LE *COST PER WEAR*

VÊTEMENT OU ACCESSOIRE	PRIX D'ACHAT	USAGE	*COST PER WEAR*
Nu-pieds « jetables »	30 euros	1 été	30 euros par an
Tropéziennes « de qualité »	200 euros	10 étés	20 euros par an

Parka	375 euros	1 mois	12,50 euros par jour
Robe de soirée	50 euros	2 soirs	25 euros par jour

Mathématiquement imparable... pour peu que la qualité soit proportionnelle au prix, évidemment.

LE RAPPORT QUALITÉ/USAGE

Pas facile de s'y retrouver dans la jungle des jeunes marques qui vendent sciemment plus cher dans le but de s'acheter une image de désirabilité/qualité/authenticité... Et pour (tenter de) donner à leur clientèle un sentiment d'exclusivité et de distinction.

Rien ne vaut, en la matière, un bon retour d'expérience.

Le vôtre, déjà. Observez votre noyau dur.

- Quels vêtements et accessoires y présentent, selon vous, un bon *cost per wear* ?
- De quelles marques viennent-ils et, plus précisément, de quelles gammes au sein de ces marques, si c'est de la *fast fashion* type Zara, H&M, etc. ?
- En quelle(s) matière(s) sont-ils composés ?
- Comment les entretenez-vous et à quelle fréquence ?

Si vous voulez estimer précisément leur *cost per wear*, la méthode la moins chronophage reste une application mobile avec un calendrier intégré, qui le calculera en temps réel, dès que vous enregistrerez votre tenue du jour[33].

33. Par exemple les applications (anglophones) StylebookApp ou Cladwell.

JAUGER SES INVESTISSEMENTS

Certains de mes vêtements ont été tellement portés (de mes leggings à mes UGG, mes Dr. Martens ou mon sac à dos fétiche) qu'il n'est plus vraiment fondamental pour moi de savoir s'ils me « reviennent » à 2 ou 6 centimes par jour.
Mais cela m'aide à garder une vision très claire des pièces un peu négligées qui méritent d'être employées plus souvent, et bien sûr des vêtements les plus utiles à mes contextes et sur lesquels l'investissement valait et vaudra le plus la peine le jour où je devrai les remplacer.

Car c'est là le côté obscur du *cost per wear*: qui dit porter fréquemment dit aussi user plus vite, même quand la qualité est au rendez-vous à l'achat.

Certaines pièces fragiles comme les T-shirts, les marinières en viscose ou les pulls en laine ne résisteront pas au-delà d'un certain usage et d'une certaine fréquence de lessives.
Quel budget est-il donc bon d'y consacrer ?

À vous de faire le meilleur ratio entre le prix d'achat de vos vêtements, leur entretien et leur obsolescence programmée.

Pour déterminer sur quelles catégories vestimentaires vous obtiendrez le meilleur *CPW* (et sur lesquelles vous avez donc intérêt à monter le plus en gamme), vous examinerez les critères suivants :

QUEL POTENTIEL DE *COST PER WEAR* ?

CRITÈRES À OBSERVER	CATÉGORIES VESTIMENTAIRES
Qualité de conception	Plus essentielle pour un manteau, un blazer, une chemise ou un collant que pour un jean ou une blouse, plus faciles à assembler.
Versatilité	Un haut se porte théoriquement plus souvent qu'une robe, puisqu'il peut s'associer à plusieurs bas différents, du pantalon au short en passant par la jupe. Ce qui en fait, sur le papier, une pièce plus polyvalente, plus « versatile ».
Fragilité	Voir ci-contre l'exemple des marinières, T-shirts ou pulls.
Récurrence	Les accessoires onéreux à amortir sans remords ? Une montre, des boucles d'oreilles, une bague ou un bracelet qui ne vous quitteront pas de la semaine, plutôt qu'un chapeau ou un collier-plastron que vous arborerez (*a priori*) plus rarement.
Usage saisonnier	Si vous avez des automnes et des printemps régulièrement phagocytés par des étés ou hivers à rallonge, vous porterez moins souvent les pièces de « demi-saison » comme le trench ou le perfecto.

Pensez-y désormais avant chaque nouvelle acquisition.

Et bien sûr, face à une marque sur laquelle vous n'avez pas encore de recul, informez-vous *via* son bouche-à-oreille sur les réseaux sociaux.

Si le destin de chaque vêtement est particulier, pas toujours rationnel (c'est aussi ce qui en fait la beauté et le mystère), le *cost per wear* est un outil inestimable pour analyser votre patrimoine vestimentaire actuel et budgétiser vos futurs (ré)investissements.

Les clés

> LE VRAI PRIX D'UN VÊTEMENT SE CALCULE À L'USAGE.

> CERTAINES PIÈCES À LA CONFECTION PLUS TECHNIQUE VOUS COÛTERONT (AU FINAL) MOINS CHER SI VOUS MONTEZ EN GAMME, CAR VOUS LES REMPLACEREZ MOINS SOUVENT.

> UTILISEZ UN CALENDRIER OU UNE APPLICATION MOBILE POUR JAUGER LE *COST PER WEAR* DE VOS VÊTEMENTS ET ACCESSOIRES.

Le CV de la fringue

CHAQUE VÊTEMENT MÉRITE UN BILAN DE COMPÉTENCES

Que faire d'une chemise ?

☑ La porter avec un pantalon, un short ou un jean, OK.

☑ Une jupe, très bien.

Et puis ?
Une chemise, ce n'est pas qu'une chemise.

- Ça peut aussi être juste un col (à faire dépasser d'un pull).
- Ou juste des manches (à faire dépasser d'une robe sans manches).
- Ou juste des poignets (pull, encore).
- En été, ça peut avoir des manches plus courtes (une fois roulottées).
- Ça peut se porter noué plutôt que fermé.
- Ou ça peut être une veste (à enfiler sur un maillot de bain, une robe légère...).

Bref, une chemise c'est 7 vêtements en 1, liste non exhaustive.
Et non, elle n'a (toujours) pas besoin d'être blanche.

LE POTENTIEL INEXPLOITÉ DE VOS VÊTEMENTS

Vous qui pensiez avoir cerné toutes les ressources de votre noyau dur, vous n'en êtes qu'aux prémices.
Maintenant que vos pièces fétiches ont été mises aux avant-postes de votre dressing, explorez-en toutes les aptitudes, ouvrez en grand le champ des possibles.
Il y a des surdoués – dont je ne fais pas partie, soyons clairs – chez qui c'est inné d'apercevoir toute la largeur du spectre.
Le commun des mortels se contente pour la plupart de ses acquisitions, anciennes ou récentes, d'un ou deux « emplois » évidents, sans chercher plus loin. Ni mémoriser les trouvailles ponctuelles.
Pour lutter contre l'oubli, établissons un véritable « CV de la fringue ». En listant ses caractéristiques et ses qualifications, on enrichit considérablement sa force de frappe

- Pensez aux superpositions possibles, et notez-les.
- Pensez aux associations heureuses (les « bons mix », comme dit la reine de l'exercice, mon amie Lise Huret[34]), et notez-les.
- Pensez aux proportions idéales, et notez-les (exemple : tel caban est judicieux sur tels volumes).

Autant d'informations précieuses dont vous disposerez le plus souvent *a posteriori*, après les avoir testées. Mais qui ont tout intérêt à être regroupées.
Car par association d'idées, les voir juxtaposées vous en inspirera d'autres.
Voici l'exercice[35] appliqué à mon manteau à carreaux tricolore, un pilier de ma garde-robe bien plus polyvalent qu'il n'en a l'air[36] :

34. Fondatrice du site www.tendances-de-mode.com
35. Téléchargez le tableau vierge à la dernière page du *Dressing Code*.
36. Démonstration à découvrir en photos sur mon blog, dans un billet d'avril 2019.

CV DE LA FRINGUE	MANTEAU À CARREAUX KAKI, BLANC ET BLEU CANARD, MANCHES ¾, ENCOLURE *SIXTIES*
Proportions idéales	☑ porté ouvert ☑ cou dégagé (col rond ou col v, chignon) ☑ pantalons et combinaisons 7/8e ☑ jupes et robes fluides au genou
Superpositions possibles	☑ sweat à capuche ☑ K-way
Couleurs compatibles	☑ nuances de bleu, du marine au violet ☑ nuances de rouge, du vermillon au bordeaux ☑ kaki
Imprimés compatibles	☑ rayures ☑ fleuris ☑ abstraits avec touches de blanc ☑ animaliers ☑ tie & dye ☑ wax
Autres associations	☑ foulard en coton bleu marine imprimé cigognes + chemise assortie
Idées de tenues	1 **Haut** : kimono tie & dye bleu Klein et blanc — **Bas** : slim brut — **Chaussures** : socques en bois et cuir chocolat 2 **Haut** : blouse corail à motif fleuri blanc — **Bas** : jupe zébrée longueur genou — **Chaussures** : boots en daim aubergine

	3	**Haut et bas** combinaison bordeaux à imprimé wax bleu et blanc		**Chaussures** baskets blanches
	4	**Haut** tunique à imprimé abstrait violet et blanc	**Bas** slim bleu 7/8e	**Chaussures** Converse® grises
Idées de tenues	5	**Haut + Accessoire** chemise bleu marine à imprimé cigognes + foulard assorti	**Bas** pantalon en toile kaki 7/8e	**Chaussures** baskets blanches
	6	**Haut** marinière à rayures blanches et bordeaux	**Bas** jean brut pattes d'eph'	**Chaussures** Converse® bordeaux

Vous ne savez pas par où commencer ?

ENVISAGER CHAQUE PIÈCE COMME UN COUTEAU SUISSE

Créez-lui une boîte à outils, pourquoi pas sur Pinterest.
Mon approche des tableaux d'inspiration a radicalement changé le jour où j'ai cessé de punaiser des *it girls* ou des ambiances, et où j'ai commencé à ne voir que le vêtement. Que le couteau suisse.
Boots bordeaux, jupe en cuir, blazer blanc… ciblez vos pièces de caractère, glanez les idées qui s'y rapportent, épinglez celles

qui peuvent fonctionner sur vous, avec votre garde-robe, votre palette de couleurs personnelle et vos contextes.

TRIER LES CANDIDATURES

Le CV de la fringue peut aussi être un outil supplémentaire de tri.
Je m'en suis notamment servie pour me séparer de quelques manteaux. Modèles plus ou moins longs, plus ou moins évasés, plus ou moins épais... Quand j'ai voulu alléger cette partie de mon dressing, j'ai su lesquels garder et à quels effets.

- Aussi élégante soit-elle, ma parka noire à taille ceinturée et poches plaquées en cuir a rejoint le placard de ma mère et cédé sa place chez moi à un modèle plus sportswear et plus chaud, qui était plus utile pour mes contextes.
- J'ai gardé ma parka kaki coupe trapèze, la plus seyante avec mes jeans pattes d'eph'. Et bien m'en a pris, c'était la seule qui fermait pendant mes grossesses.
- Je ne peux plus glisser une doudoune fine sous mon caban kaki, devenu trop étriqué pour ma carrure élargie. Mais il est désormais parfait superposé à de fines blouses ou robes midi. Et en hiver, il cède la place à son cousin anthracite plus chaud et plus large, que j'ai acheté ultérieurement.

Qui sait, peut-être que cet exercice réveillera chez vous quelques trouvailles inespérées pour des vêtements et accessoires que vous aviez mis sur la touche ? D'où l'intérêt de ne pas vous en être débarrassée dès la fin de votre tri.

Cette entreprise de décantation et d'exploration vous accompagnera et vous nourrira longuement. En dopant l'usage de vos vêtements actuels, en mettant en évidence les moins polyvalents et la pertinence de futurs achats[37].

Les clés

> NOUS NOUS LIMITONS SOUVENT À DEUX OU TROIS USAGES DIFFÉRENTS POUR UN VÊTEMENT, QUAND LA PLUPART EN OFFRENT LE DOUBLE OU LE TRIPLE.

> HABITUEZ-VOUS À LISTER LES COULEURS, IMPRIMÉS, PROPORTIONS ET SUPERPOSITIONS COMPATIBLES AVEC CHAQUE « COUTEAU SUISSE » DE VOTRE GARDE-ROBE.

> CE RÉFLEXE VOUS AIDERA ÉGALEMENT EN AMONT ET EN AVAL DE CHAQUE ACQUISITION, POUR MIEUX TRIER ET MIEUX ACHETER.

37. Voir chapitre 4, « Acheter » en page suivante.

CHAPITRE 4

Acheter

Mieux qu'une *wishlist*

NE VOUS CONTENTEZ PLUS DE LISTER VOS ENVIES, DOCUMENTEZ-LES

À quoi ressemble votre *wishlist* vestimentaire ?
Est-ce un nuage de mots ou d'images dans un coin de votre tête ?
Est-ce un tableau sur Pinterest ?
Une liste dans votre bullet journal[38] ?
Moi, je pourrais y consacrer un carnet entier. Et pas parce que la liste de mes envies demeure substantielle.
Plutôt parce que j'ai pris l'habitude de documenter longuement chacune d'entre elles. De déplier ce désir comme on ouvre un livre.

Tout a commencé par une simple paire de baskets blanches.
J'ai brainstormé sur cette éventuelle acquisition pendant quatre ans, avant de passer le cap de… l'essayage. Oui, quatre ans.

UNE SEMPITERNELLE ERREUR

Les baskets et moi, c'est compliqué. Et j'étais échaudée par mes bourdes répétées en la matière.
Depuis l'adolescence, je faisais le même faux pas à chaque nouvelle paire : flasher sur un design précis, aimer le rendu aux pieds,

38. Outil fusionnant agenda, *to-do lists* et carnet de notes, développé par le designer Ryder Carroll.

sans jamais me poser la question de ce que j'allais porter avec. J'envisageais l'objet seul, indépendamment de ma silhouette et de ma garde-robe.
Comme si, contrairement à toutes mes autres chaussures, les baskets étaient une entité autonome. Qu'il suffisait que je « fasse simple » sur le reste de la silhouette et qu'elles allaient faire tout le boulot. Sauf que je ne suis pas ce genre de femme sur qui un look « tout simple » fonctionne, ça ne flatte pas ma morphologie.
Du coup je me débarrassais inexorablement de mes paires, les unes après les autres.

COLLECTER L'INSPIRATION

Alors pour ce modèle immaculé, j'ai pris mon temps. Sans marque ni référence précise en tête. Mais avec des silhouettes d'inspiration, toutes chaussées de blanc, que j'ai épinglées au fil des mois sur un tableau dédié. Sans les chercher sciemment, plutôt en les collectant quand je tombais dessus.

> **Quand j'ai senti que tout convergeait, s'affinait, j'ai analysé ces images, comparé avec ma morphologie, mon dressing, mes contextes. Avais-je les pantalons larges, robes longues, jeans courts et blazers nécessaires pour créer ces looks ?**

Le jour où j'ai estimé avoir suffisamment de partenaires pour cette paire de chaussures supplémentaire, j'ai enfin étudié le marché.
Des baskets blanches, oui, mais lesquelles ?
Basses ou montantes ?
Fines ou massives ?
À lacets ou à scratchs ?
Rétro ou futuristes ?

Une ligne dans une *wishlist* n'aurait pas suffi à réunir toutes ces réflexions. Je me suis étalée sur une double page de mon bullet journal.
Et ainsi de suite à chaque nouvelle envie. Que je laissais reposer plusieurs semaines ou mois avant de revoir mes notes aussi souvent que nécessaire.

Procédez de même pour chacun de vos désirs vestimentaires. Peu importe le support que vous utilisez, manuscrit ou informatique.
L'essentiel est d'y trouver l'espace nécessaire pour déployer vos envies. Pour cerner leur viabilité en leur donnant de l'ampleur. Retrouvez les réflexes de vos « CV de la fringue »[39].
Le test est d'ailleurs révélateur.

> **Si vous « séchez » rapidement, c'est que le jeu n'en vaut pas la chandelle. Et vous constaterez cet effet presque paradoxal : plus vous documenterez votre liste, plus elle se réduira.**

Alors qu'un inventaire non détaillé continue, lui, d'entretenir la confusion.
On y indexe chaque item comme on biffe une corvée.
Le désir stérile y squatte.
Le vrai potentiel y reste en sourdine.
Les erreurs d'achat y sont en germe.

Faites mieux !
Avant de posséder un vêtement, offrez-lui le plus vaste des terrains de jeu : votre imaginaire. Cultivez chaque envie, envisagez-la portée, associée, déclinée. Faites-la vivre. En contexte(s).

39. Voir le thème précédent.

Puis compulsez l'offre en boutiques, en ligne, en seconde main, relevez les tarifs, planifiez une séance d'essayage.

UN RECUEIL DE PROJETS VESTIMENTAIRES

Troquez la lapidaire liste de souhaits contre un recueil de « projets vestimentaires ». Certains seront abandonnés, d'autres aboutiront. Mais tous vous permettront de travailler votre logique vestimentaire, votre cohésion de garde-robe. Tout en ciblant votre triangle d'or[40], ce faisceau d'exigences qui connecte votre style à votre style de vie.

> Chaque projet est source d'enseignements. Et vous fera cultiver le plaisir vestimentaire en dehors de l'acte d'achat.

Les clés

> ÉVITEZ LES *WISHLISTS* QUI RESSEMBLENT À UNE LISTE DE COURSES.

> CULTIVEZ AVANT CHAQUE ÉVENTUELLE ACQUISITION UN TERREAU D'INSPIRATION, DANS UN RECUEIL DE PROJETS VESTIMENTAIRES.

> CONFRONTEZ CHAQUE ENVIE À VOTRE GARDE-ROBE EXISTANTE.

40. Voir le thème « Le triangle d'or » dans le chapitre 1 « Diagnostiquer », page 26.

Identifier l'ennemi

ET MAINTENANT, ATTELEZ-VOUS À VOTRE LISTE NOIRE

Une garde-robe efficace se définit autant par ce qu'elle contient que ce qu'elle ne contient pas. Un yin et un yang se contrebalançant en un mouvement perpétuel.
Cette dynamique qui a façonné l'allègement de votre dressing actuel doit également présider à vos futures acquisitions.
Chaque porte que vous fermez vous aide à trouver votre chemin, et le périmètre de vos « projets vestimentaires » resterait flou sans ce garde-fou : ce que vous ne devez pas (ou plus) acheter.
Votre liste noire.

QUI FIGURE SUR VOTRE LISTE NOIRE ?

Je me souviens avoir dévoré les *don't buy lists* publiées sur les blogs L'Armoire essentielle[41] (en 2014) et The Beauty and the Geek[42] (en 2015), et d'avoir digéré longtemps ce matériau, plus durable qu'une *wishlist*. Et plus inspirant parfois.

41. De Jeanne-Aurore Coleuille et Laure Gontier, hélas fermé depuis.
42. De Walinette, http://www.thebeautyandthegeek.fr/la-no-buy-list.

En apprend-on jamais autant sur quelqu'un – et sur soi – qu'à travers ses fourvoiements vestimentaires ?

De vos erreurs de casting à vos péchés mignons, rassemblez tous les constats effectués pendant les étapes de tri et d'analyse de votre armoire.

Qui figure sur votre LISTE NOIRE ?

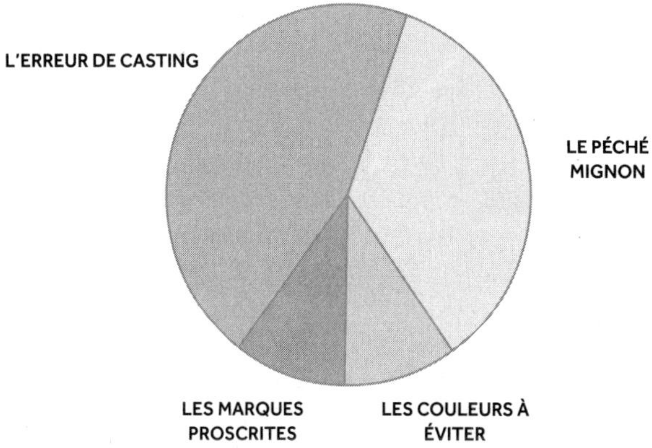

L'ERREUR DE CASTING

C'est un archétype de vêtement ou d'accessoire qui vous attire alors que ça ne fonctionne pas sur vous, pour des raisons esthétiques ou pratiques.
Chez moi, en vrac : les bijoux en or, les jeans taille basse, les dos nus, les robes très décolletées, les manteaux courts, les T-shirts blancs, les chemises blanches, les sacs avec une fine bandoulière, les baskets avec des semelles beiges, etc.

Faites l'inventaire le plus dense possible. Si vous avez bien tiré les leçons des étapes précédentes, ce sera étonnamment facile… et étonnamment long.

LES COULEURS À ÉVITER

Il y a celles qui ne vous vont que bronzée, trois semaines par an.
Celles qui ne vous vont jamais.
Mais aussi celles que vous avez déjà en abondance dans votre penderie.
Définissez votre anti-palette de couleurs[43].
Et n'hésitez pas à être spécifique. Par exemple : jean blanc oui/ T-shirt blanc non. Ou inversement. Souvenez-vous : le critère ultime, c'est la bonne mine.

LE PÉCHÉ MIGNON

C'est ce vers quoi vous revenez par facilité, alors que vous avez déjà le nécessaire. Exactement la mécanique qui crée des « doublures » dans votre garde-robe[44] : ces vêtements ersatz n'ayant jamais la saveur de l'original.
Ce qui est rare est précieux. Alors plutôt que de multiplier et diluer vos valeurs sûres, fixez leur quantité adéquate grâce à vos contextes[45] et tenez-vous-y[46].

LES MARQUES PROSCRITES

Réduisez votre terrain de chasse. En plus de bannir les marques qui ne flattent pas assez votre morphologie, rayez définitive-

43. Voir « Haut en couleur » dans le chapitre 3, « Se révéler », page 90.
44. Voir « Le test des 2 portants » dans le chapitre 2, « Trier », page 80.
45. Voir « Le syndrome du tapis rouge » dans le chapitre 1, « Diagnostiquer », page 29.
46. Sujet sur lequel nous reviendrons en détail dans le thème « L'attaque des clones », page 136.

ment de la carte toutes celles dont le rapport qualité/prix, les conditions de fabrication et les valeurs ne sont pas en affinité avec vos attentes.
Un gain considérable de temps, d'énergie et de positivité.
Abandonnez aussi les enseignes qui vous « dépriment ».
Si ce n'est pas votre truc d'aller dénicher des trésors sur un site de seconde main, dans les bacs d'une échoppe vintage ou d'une griffe improbable, ne vous forcez pas.
Si certains magasins vous intimident, vous agressent ou finissent par vous plomber, n'y rentrez plus.
Le petit plaisir de l'un n'est pas celui de l'autre.
Ne vous justifiez pas, ne vous remettez pas en question, restez à l'écoute de vos sensations. Et privilégiez le décor dans lequel vous vous sentez à votre place. Que ce soit un joyeux fouillis, une boutique rangée au cordeau ou... un écran d'ordinateur.

ARGUMENTEZ

Une fois vos indésirables réunis dans chacune des quatre catégories précitées, élaborez votre liste noire comme si vous deviez la faire lire à un tiers. Accompagnez chaque item de quelques mots d'analyse. Et si vous ne parvenez pas à mettre le doigt dessus, précisez-le (« Je ne me l'explique pas totalement, mais... »). Ce simple exercice de verbalisation peut vous aider à faire tilt.

Identifier ce qui n'apporte aucune valeur ajoutée à votre style n'est pas un deuil à faire, c'est une illumination. Comme on éclaire une route plongée dans l'obscurité. Par contraste, les choses qui marchent pour vous n'en seront que plus éclatantes.

Avec le temps, d'autres items rejoindront votre liste noire, certains la quitteront.
Des pièces-énigmes soudain se décrypteront.
Une couleur que vous évitiez près du visage se transcendera sur une jupe ou un pantalon.
Grâce à votre liste noire et à sa mise à jour régulière, votre science du détail ira crescendo avec la pratique et les années.
Tout comme votre expertise des couleurs, des coupes et des proportions.

Les clés

> VOTRE « LISTE NOIRE » JOUE UN RÔLE AUSSI IMPORTANT QUE VOTRE *WISHLIST*.

> ELLE SYNTHÉTISE VOS ERREURS DE CASTING, PÉCHÉS MIGNONS, MARQUES ET COULEURS À ÉVITER.

> ELLE VOUS FAIT GAGNER DE L'ÉNERGIE, DU BUDGET ET DE L'EXPERTISE VESTIMENTAIRE.

Rien ne sert de courir

PRENDRE VOTRE TEMPS VOUS FERA ARRIVER À POINT

Le temps est la première valeur avec laquelle on renoue quand on allège sa garde-robe.
Le temps qu'il faut pour se lancer.
Le temps qu'il faut pour trier, analyser.
Et le temps qu'il faut pour acheter.
Une lenteur allant à rebours du sentiment d'urgence permanente que l'industrie vestimentaire cherche tant à nous inculquer.

BLACK-FRIDAY-ISATION DU MARCHÉ

Religion de la vente privée, black-friday-isation du marché, culte du code promo éclair (de nos jours, il faut vraiment le vouloir pour payer plein pot, n'est-ce pas ?)... Autant de nouveaux réflexes venus s'ajouter aux traditions déjà bien ancrées de « l'achat express » ou « en un clic », des soldes qui commencent à minuit, de la grande enseigne qui vous incite à ne même plus passer en cabine parce que c'est soi-disant plus simple de venir échanger.
Ou de ces vendeurs sceptiques accueillant votre « je vais réfléchir » comme une formule diplomatique, synonyme de « ça ne me plaît pas ».

Pourtant non : souvent, « je vais réfléchir » veut juste dire « je vais réfléchir ».
Même quand votre recueil de projets vestimentaires a fait éclore un désir ardent, il est encore temps de prendre votre temps. Surtout avec les pièces « iconiques ».
La chemise en jean, le trench, la marinière.
Un seul de chaque, parfait dans son registre.

LE MARKETING DE LA PERFECTION

Nombre d'entrepreneurs futés ne s'y sont d'ailleurs pas trompés, lançant leur business sur cette promesse de la coupe idéale, avant d'élargir leur offre, une fois leur clientèle établie.

Méfiez-vous de la perfection vendue clé en main, redoutable argument marketing. Et décelez votre perfection à vous.

Ratissez large pour savoir ce qui se fait, le nom des modèles, avoir une connaissance approfondie du dossier, des repères et des points de comparaison. Consignez le tout dans votre recueil de projets.
Laissez-vous surprendre par le temps que prend cette quête, tant les boutiques regorgent de ces pièces emblématiques. Un embarras du choix nous faisant miroiter une affaire rondement menée.

On se croit arrivée avant l'heure, mais encore faut-il cocher toutes les cases :

- ☐ La bonne longueur
- ☐ La bonne carrure
- ☐ La bonne matière
- ☐ Les bons détails

- ☐ Le bon budget
- ☐ Le bon moment

Qui sont propres à chacune de nous.
Le temps n'est pas une option, il fait partie du jeu.

REDONNER DE L'IMPACT

Dans l'euphorie du passage à l'acte, un achat en entraînant un autre, on peut être tentée de faire d'une pierre deux coups.
Mais si vous n'êtes pas une pragmatique occupée à refaire son stock annuel[47], évitez autant que possible d'acheter plusieurs vêtements le même jour.
Je vois très nettement la différence quand je me tiens à ce principe.
L'impact n'est pas le même. C'est comme dîner deux fois ou enchaîner deux films. Les informations sont trop nombreuses, les récepteurs saturent, le plaisir se délaye.
Et si, pour des raisons logistiques, vous ne pouvez pas faire autrement, veillez à dissocier les essayages chez vous, ce moment où vous vous approprierez pleinement chacune de vos acquisitions[48].
En ralentissant le processus, en le décomposant, vous redonnez de l'impact au vêtement lui-même plutôt qu'à l'instant fugace de son achat. Qui peut débuter et s'achever en quelques minutes dans une cabine d'essayage.
Avec dans nos bagages émotionnels, au choix, un mélange d'excitation, de frustration et de léger écœurement une fois rentrée chez soi.

---

47. Voir « Quel est votre ADN vestimentaire ? » dans le chapitre 1, « Diagnostiquer », page 33.
48. Rituel que nous explorerons en détail dans le thème suivant « Jouez à domicile », page 132.

GLOUTONNES ET ASCÈTES

Dans son rapport au temps, le shopping fait d'ailleurs curieusement écho au comportement alimentaire.
Il y a les adeptes de la diète radicale, capables de faire abstinence plusieurs mois. Et presque dopées par la privation.
Il y a les gloutonnes invétérées.
Ou encore les compulsives qui sévissent par « crises ». Le shopping appelant le shopping, tout comme le sucre appelle le sucre.
De mon côté – j'en avais fait le constat sur mon blog il y a cinq ans et c'est toujours aussi vrai –, je suis dans le rééquilibrage constant. De grands « festins » de temps en temps, des apports plus rationnés (et rationnels) au quotidien, que j'essaie de « digérer »...

PRENDRE RENDEZ-VOUS AVEC SON DRESSING

On en revient à notre histoire d'espace mental.
Si vous êtes une affective ou une festive[49], accro à une farandole permanente de vêtements, lever le pied sur le shopping ne sonnera pas nécessairement le glas de votre plaisir vestimentaire.

> **Cultivez d'autres manières de partager avec votre garde-robe ce « temps de cerveau disponible » que vous aimez tant lui consacrer. Et remplacez l'urgence par l'intensité.**

Reconnectez-vous régulièrement à vos vêtements, tous aimés, tous choisis, surtout quand vous sentez le frisson de la nouveauté venir vous démanger par une envie machinale de shopping.

---

49. Voir « Quel est votre ADN vestimentaire ? » dans le chapitre 1, « Diagnostiquer », page 33.

J'adore l'initiative de ma lectrice Michèle qui veut « prendre rendez-vous » avec son dressing. Pour y tester régulièrement de nouvelles associations, trier ce qui peut encore l'être, repérer et mettre de côté les pièces à entretenir.
Réinvestissant ce lieu de passage pour le transformer en petit temple personnel.

5 DIVERSIONS ANTI-SHOPPING

1. Compulsez et actualisez vos tableaux d'inspiration et votre recueil de projets vestimentaires.
2. Prenez rendez-vous avec votre dressing et testez-y de nouvelles associations.
3. Allez chez le cordonnier et au pressing.
4. Préparez un sac de vêtements à donner en association ou au recyclage.
5. Photographiez vos pièces à revendre, rédigez vos annonces[50].

Les clés

> OPPOSEZ À L'URGENCE DE L'INDUSTRIE VESTIMENTAIRE L'INTENSITÉ DES ACHATS MÛREMENT RÉFLÉCHIS.
> DÉCOMPOSEZ LE PROCESSUS D'ACQUISITION AUTANT QUE POSSIBLE.
> ENVISAGEZ VOTRE DRESSING COMME UN LIEU OÙ VOUS POSER, PAS UN SIMPLE ESPACE DE TRANSIT.

50. Voir chapitre 5, « Organiser », page 153.

Jouez à domicile

OUI, UN VÊTEMENT, ÇA S'ACHÈTE CHEZ SOI

Je ne vous incite pas à déserter les boutiques, d'autant que certaines marques ont le don de vous décourager de commander en ligne, avec leurs conditions de retour dissuasives.
Je ne vous exhorte pas non plus à zapper l'essayage en cabine, c'est un premier filtre absolument essentiel.
Mais je vous encourage vraiment à déplacer le curseur de l'achat proprement dit.
Car l'achat, ce n'est pas le moment où vous payez le vêtement. C'est le moment où vous décidez de le garder.

REDONNEZ SES LETTRES DE NOBLESSE À L'ESSAYAGE

Pratiquez-le comme un art et comme une hygiène.
Avec constance et minutie.
Si un essayage cabine est prometteur, ne le limitez pas à ce que vous pouvez faire en quelques minutes dans le magasin, avec à portée de main votre tenue du jour. Soit environ, quoi, 5 % de votre garde-robe ?
Les autres 95 % méritent eux aussi d'être confrontés à un éventuel camarade de jeu. Qui, pour prendre sa pleine mesure, a tout intérêt à être immergé dans son futur habitat.

Que vous ayez fait votre shopping en ligne ou en boutique, essayez patiemment chez vous avant d'arbitrer définitivement[51]. En sanctuarisant ce moment, sans témoin, sans interruption.

Pour commencer, ne vous contentez pas de ces miroirs absurdes qui vous résument à vos tibias, dans les magasins de chaussures.
Rentrez chez vous, habillez-vous et regardez-vous en pied, multipliez les tenues (trois minimum) et prenez votre temps, l'inspiration est un muscle, laissez-la s'échauffer.

- Si c'est un projet vestimentaire de longue haleine, puisez dans toutes les idées d'associations que vous avez préalablement consignées dans votre recueil. Et allez encore au-delà.
- Si c'est une emplette de voyage, promettez-vous de la revendre ou l'offrir à votre retour, si elle ne vous donne pas satisfaction.
- Si c'est un coup de tête, confrontez-le impitoyablement à vos contextes. Ne vous demandez pas si vous vivez la vie qui va avec ce vêtement, mais s'il est bien approprié à la vôtre.

Rien de tel qu'un essayage pour se sortir un fantasme de la tête.

Si votre taux de conversion essayage/achat est faible, c'est bon signe. Pas le signe que rien ne vous va, mais le signe que vous êtes scrupuleuse. Et économe.

51. Sans prendre les frais de retour gratuits pour acquis. Même si la pratique se généralise, certaines enseignes font encore discrètement de la résistance. Ouvrez l'œil.

LA PREMIÈRE IMPRESSION EST LA BONNE

Esthétiquement, n'écoutez que votre première impression, cette fraction de seconde qui vous suffit à dire « ah non », « oh oui » ou « pas mal » (et « pas mal » ne sera jamais une option).
Demandez, une fois habillée, l'avis d'un tiers (amie, parent, conjoint, vendeuse[52]...), c'est déjà douter.
La certitude esthétique du vêtement porté doit être absolue et viscérale. Avant de se frotter à l'exigence pratique.

Un vêtement ou un accessoire doit être capable de vous enthousiasmer instantanément... puis de se faire oublier une fois sur vous.

Devoir vérifier régulièrement si un bouton de chemise est bien fermé, ou si un décolleté ne bâille pas trop, s'inquiéter qu'une blouse en dentelle ne laisse pas entrevoir vos sous-vêtements, ou ne pas pouvoir se pencher sous peine d'avoir le ventre ou les fesses à l'air, c'est rédhibitoire.
Si vous ne pouvez pas remédier au problème par une retouche ciblée, renoncez.

RÉGLEZ LE VOLUME

Soyez intraitable, incorruptible, fière de l'être. Refusez l'à-peu-près et d'ailleurs, essayez – si possible – plusieurs tailles.
La blogueuse minimaliste Dead Fleurette, gourou du shopping millimétré[53], en prévoyait carrément trois par vêtement : la taille qu'elle pensait faire + la taille du dessus + la taille du dessous.

52. L'œil des vendeurs est utile en amont, pour vous suggérer d'essayer quelque chose que vous n'auriez pas envisagé vous-même. Mais pour le rendu, seule votre opinion compte.
53. Au blog désormais fermé.

Pas évident en ligne (bonjour l'empreinte carbone), mais salvateur en boutiques.

Ce faisant, on sort d'une logique binaire face à un vêtement (oui ou non) pour commencer à argumenter (non dans tous les cas ou oui, mais quelle taille ?)
On prête une meilleure attention au tombé, aux finitions.
On apprivoise les volumes et on s'apprivoise soi-même, en s'aventurant au-delà des évidences et de nos automatismes morphologiques.
Une leçon de style sans obligation d'achat.

Célébrez l'essayage, à la fois comme préalable et comme prolongement du shopping. Comme activité vestimentaire à part entière.

Les clés

> REMETTEZ L'ESSAYAGE AU CŒUR DE VOS PROJETS VESTIMENTAIRES.
> PRATIQUEZ-LE EN AMONT, EN AVAL ET EN DEHORS DE VOS ACHATS.
> NE VOUS FIEZ NI À L'AVIS DES AUTRES, NI AUX TAILLES SUR LES ÉTIQUETTES.

L'attaque des clones

FAUT-IL ACHETER VOS VALEURS SÛRES EN PLUSIEURS EXEMPLAIRES ?

Cette question ne s'adresse évidemment pas aux adeptes du style signature[54]. La réponse, elles la connaissent déjà, c'est la clé de voûte de leur démarche vestimentaire : identifier une courte liste de vêtements fétiches, les dupliquer et les décliner tout au long de l'année.

Mon amie Clothilde, médiatrice culturelle dans un musée, ne porte pas d'uniforme au sens strict. Mais elle s'en est créé un dans lequel elle aime travailler. Blazers sombres, chemises claires, slims, grosses lunettes, rouge à lèvres carmin.
Pour elle, avoir plusieurs vêtements identiques et/ou très ressemblants est une évidence, un confort et un plaisir.
Comme pour Matilda Kahl, cette directrice artistique suédoise dont le témoignage a fait le tour du monde[55] lorsqu'elle a décidé de porter systématiquement la même tenue pour aller travailler : pantalon noir et chemise blanche fermée par un lacet noir. Achetés bien entendu en de multiples exemplaires.

54. Voir « Le prestige de l'uniforme » dans le chapitre 1, « Diagnostiquer », page 39.
55. « *Why I wear the same exact thing to work every day* » (*Harper's Bazaar*, avril 2015).

Non « l'attaque des clones » dont il est question à présent, c'est celle des sans uniforme.
Celle qui nous menace après avoir soigneusement identifié les coupes et les proportions qui nous vont le mieux[56].

PAS DE PLAN B

L'attaque des clones, c'est le piège bordant le chemin vers la pièce idéale.
Quand on localise une nouvelle valeur sûre potentielle et que la dépendance s'invite.
Ne faut-il pas prévoir d'emblée un exemplaire de secours ?
Et/ou se procurer ce Graal en plusieurs teintes ?
J'ai longtemps été confrontée à ces interrogations, erreurs d'achat à la clé.
Je peux donc vous donner une réponse particulièrement tranchée : NON et NON.
Pas d'exemplaire de secours (bon, sauf si c'est un collant, hein).
Et pas de cousin dans une autre teinte.

> **Quand vous adoptez un vêtement identique en plusieurs coloris, c'est en vérité parce qu'aucun ne s'impose clairement à vous. Dans le meilleur des cas, vous aurez un préféré, et délaisserez l'autre[57].**

Pas plus que l'achat tout court, l'achat multiple n'est pas une science exacte.
Le devenir d'un vêtement dans votre placard garde toujours sa part d'imprévu.

---

56. Voir « Au centimètre près » dans le chapitre 3, « Se révéler », page 96.
57. Voir « Le test des 2 portants » dans le chapitre 2, « Trier », page 80.

Il m'est arrivé, aux prémices de mes « années blog », de posséder deux paires de chaussures identiques. Totalement identiques.
Devinez quoi. Avant même de me rabattre sur celle de rechange, je m'étais lassée de l'originale.
Absurde, n'est-ce pas ?
Aussi absurde que ce jour où j'ai acheté un T-shirt, jugé instantanément essentiel, en... huit exemplaires. Quatre couleurs me plaisaient, et je l'avais pris en double pour chacune. Une folle.

MULTIPLIER = DIVISER

Verdict ? À chaque fois que je voyais l'un d'entre eux dans mon armoire, je me sentais encombrée.
Au lieu d'aimer huit fois plus ce T-shirt, je l'aimais huit fois moins, parce que sa force s'était émiettée entre ses sept clones.

En multipliant les exemplaires de ma valeur sûre, je l'avais vidée de sa substance.

Alors si comme moi vous êtes régulièrement tentée de « cloner » vos valeurs sûres, adoptez ces cinq réflexes.

5 RÉFLEXES ANTI-CLONAGE

LE PRINCIPE	EN PRATIQUE	
1 - Attendez d'avoir du recul	Laissez d'abord vivre chaque nouvel « essentiel » à vos côtés, avant de lui attribuer (ou non) ce statut envié.	
2 - Réservez le duplicata de couleur à vos basiques plus « architecturés »	Une fois l'Élu testé et approuvé, oui à l'achat dans une autre couleur, mais uniquement pour les vêtements à la confection très technique. Par exemple, la coupe de blazer ou de pantalon qui vous va le mieux[58].	
3 - Doublonnez plutôt par saison	Pour les pièces plus usuelles, déclinez plutôt une version hivernale et une version estivale.	
	Robe à pois ?	☑ à manches longues pour l'hiver ☑ à manches courtes ou sans manches pour l'été
	Perfecto ?	☑ en cuir sombre pour l'automne-hiver ☑ en toile claire pour le printemps-été
	Pantalon taille haute bleu marine ?	☑ en laine pour l'hiver ☑ en crêpe pour le printemps

58. Voir « Au centimètre près » dans le chapitre 3, « Se révéler », page 96.

4 - Achetez ressemblant plutôt qu'identique	Choisissez pour chaque vêtement le détail qui fera sa singularité.	
	Sur un pull de même couleur ?	☑ un col roulé ☑ un col rond
		☑ manches 3/4 ☑ manches longues évasées
	Sur des boots de même teinte ?	☑ une version plate ☑ une version à talons
		☑ une paire en daim ☑ une paire en cuir verni
	Sur un jean brut ?	☑ une coupe évasée et longue ☑ une coupe droite au-dessus de la cheville
	Sur une chemise claire ?	☑ l'une avec une poche poitrine ☑ l'autre sans
		☑ l'une en coton ☑ l'autre en soie
5 - Au lieu de doublonner, remplacez	Demandez-vous systématiquement si ce jumeau qui vous fait de l'œil n'est pas voué à remplacer l'original, plutôt qu'à le seconder. Si oui, triez sur-le-champ : un dedans, un dehors.	

En résumé, permettez à chaque valeur sûre d'avoir sa valeur ajoutée.
Que chacun ait sa partition à jouer et sa propre sonorité, sous peine de créer pire que des doublons : des doublures, ces succédanés sans caractère[59].

J'ai compris que dupliquer le moins possible est essentiel pour garder un dressing dynamique, quand on n'a pas de style signature.

Que mes pièces phares me lâcheraient inexorablement les unes après les autres, lessives et usure obligent[60].
Et que je dois, moi, lâcher prise quand ça arrive.

HONNEUR AUX ABSENTS

Chaque valeur sûre qui disparaît est aussi une occasion stimulante de repartir en exploration. Et de faire de nouvelles découvertes vestimentaires.
Bien sûr, il m'arrive d'avoir des regrets.
Vexée par l'affaire du T-shirt, j'avais acheté un seul exemplaire de la marinière à rayures bordeaux parfaite que j'avais trouvée dans la même enseigne.
Et quand les lavages incessants l'ont trop usée, la marque avait arrêté le modèle. Je n'ai jamais pu la remplacer. Ni dénicher (pour l'instant) un équivalent avec ce tombé merveilleux, à la fois souple et lourd.

---

59. Voir « Le test des 2 portants » dans le chapitre 2, « Trier », page 80.
60. Voir « Le prestige de l'uniforme » dans le chapitre 1, « Diagnostiquer », page 39.

Tout comme je n'ai jamais réussi à trouver l'héritière d'une blouse en soie noire à pois blancs, déchirée à force de la porter, et que je pensais – à tort – assez facile à renouveler.
Je regrette l'absence de ces vêtements, mais j'avance.

Une garde-robe vivante est une garde-robe avec des absents. Pièces pas encore trouvées, pièces déjà disparues.

Comme des cavités naturelles, qui sont parties prenantes de l'édifice. Et le font respirer.
À l'heure où j'écris ces lignes, je n'ai plus de marinière dans ma penderie. Ni bordeaux, ni « tradi », d'ailleurs. J'attends, sans chercher, de croiser la bonne un jour.

Les clés

> SEULES LES ADEPTES DE L'UNIFORME ONT INTÉRÊT À CLONER LEURS VALEURS SÛRES.

> UNE GARDE-ROBE SANS DOUBLONS EST PLUS STIMULANTE ET CRÉATIVE.

> CHAQUE PIÈCE EMBLÉMATIQUE QUI VOUS LÂCHE OUVRIRA LA VOIE À DE NOUVELLES EXPLORATIONS.

Le fantasme du sac définitif

CETTE LÉGENDE URBAINE

Nous ne sommes pas à une contradiction près.
Capables dans la même journée de cloner fébrilement nos valeurs sûres comme de fantasmer sur LE sac.
Vous savez, le vrai beau sac qui se patinera à vos côtés toute votre vie, contre vents et marées, saison après saison.
Le sac élu après mûre réflexion, et des mois d'économies, comme un rituel de passage.
Le sac unique, le sac définitif.
Eh bien non. Il n'existe pas.
C'est chimiquement prouvé.

À L'ÉPREUVE DU QUOTIDIEN

Parce que le sac à main, c'est le contact, le frottement avec le manteau, le métro et les éléments, ce sont les stylos qui fuient, les liquides qui se renversent, les miettes de viennoiseries qui tachent la doublure, c'est le zip qui coince, c'est la bandoulière qui lâche.
Bref, c'est la vie.

Comment un seul et même sac pourrait-il endurer toutes ces épreuves sans broncher jusqu'à l'heure de notre mort ?

Même siglé Hermès, qui fabrique sur liste d'attente les modèles les plus chers du monde, votre sac absolu trépassera avant que vous ne trépassiez.
Et puis le format unique n'existe pas, lui non plus.
À moins d'être Mary Poppins (et le sien fait déjà une taille substantielle), on ne peut pas tout caser dans un petit sac.
À l'inverse, un gros sac finit toujours par encombrer, par son simple gabarit. Qu'on le charge comme une enclume ou que l'on y mette trois fois rien.
Quant au compromis médium, il se heurtera aux mêmes obstacles que les précédents. Toujours un peu trop petit, toujours un peu trop grand.

DEUX OU TROIS ?

Même la papesse française du désencombrement, Dominique Loreau, recommande de posséder trois sacs : le petit, le moyen, le grand[61]. Et on peut difficilement la taxer de pousser à la consommation.

> **Listez ce que vous attendez de ce(s) compagnon(s). Démarrez, encore, votre réflexion par vos contextes. Quel(s) sac(s) pour quoi faire et avec qui ?**

Une fois cerné l'effectif de sacs nécessaires aux différents contextes de votre vie quotidienne, puis ce que vous voulez caser dedans, le job n'est pas fini.
Pour chaque sac, outre la question du volume, posez-vous aussi celle de l'ergonomie. Car contrairement à un vêtement

61. *Mon sac, reflet de mon âme : l'art de choisir, ranger et vider son sac* (éditions Flammarion, 2017).

ou des chaussures, vous passerez votre temps à l'attraper, à le manipuler, à l'ouvrir et à le fermer…

8 QUESTIONS À VOUS POSER SUR LE SAC IDÉAL

1. Où voulez-vous le placer et le sentir sur votre corps ?
2. Quel type de porté (main, épaule, coude…) est plus pratique ? Doit-il avoir une anse ou une bandoulière ? Ou les deux ?
3. Comment doit-il se fermer ? Devant ? Dessus ? Pas du tout ?
4. Quel type de fermeture est plus pratique pour vous ? Rabat ? Éclair ? Liens ? Boucle ?
5. Doit-il être rigide ou souple ?
6. Doit-il avoir des compartiments ?
7. Quel est son poids idéal ? Lequel déterminera le choix de sa matière (cuir, cuir végétal, toile, paille, Nylon…)
8. Quelle(s) couleur(s) s'harmoniseront avec l'intégralité de votre garde-robe, été comme hiver (non, le noir n'est pas toujours la meilleure réponse) ?

Une fois que vous aurez passé en revue toutes ces questions, votre terrain de chasse va se réduire radicalement. Votre ciblage devenir chirurgical.
Des candidats éligibles, il y en aura peu.
Mais des risques d'être déçue à l'usage, encore moins.

LA PIÈCE LA PLUS FONCTIONNELLE DE VOTRE GARDE-ROBE

Le bon sac à main ne tolère pas l'inconfort ou le manque de praticité.
Ce n'est pas une paire de talons trop hauts ou une jupe trop serrée que l'on peut s'infliger en grimaçant le temps d'une soirée (et vous savez déjà ce que j'en pense).

> **Ne transigez pas, le bon sac à main a le devoir d'être fonctionnel s'il veut espérer tenir son rôle auprès de vous.**

Le sac maison, le sac refuge, le sac doudou, le sac sanctuaire. Qui vous résume, vous soutient, vous annonce et vous protège. Et peut-être que ce sac-là, débarrassé de toutes les légendes colportées par les géants de la maroquinerie, de tous les effets de mode et de statut social... peut-être que ce sac-là est déjà dans votre armoire.
Et qu'il lui manque juste le bon binôme ?

Les clés

> COMME BEAUCOUP DE MYTHES VESTIMENTAIRES, LE « SAC UNIQUE » N'EXISTE PAS.
> SOYEZ D'UNE EXIGENCE ABSOLUE AVEC VOS ÉLUS, VOUÉS À ÊTRE LES PIÈCES LES PLUS PRATIQUES DE VOTRE DRESSING.
> NE RÉFLÉCHISSEZ PAS SIMPLEMENT AU VOLUME DE VOTRE FUTUR SAC ET À CE QU'IL DOIT CONTENIR, MAIS AUSSI À SON ERGONOMIE.

Le *shopping planner*

ON DÉPENSE RAREMENT CE QUE L'ON CROIT

Avez-vous une idée, même vague, de ce que vous avez dépensé l'année dernière pour votre garde-robe ?
Je n'en avais aucune avant de me créer un « shopping planner ».
Je me suis longtemps vue – à juste titre – comme un panier percé, puis j'ai pris l'habitude d'essayer beaucoup de vêtements que je ne garde pas.
Alors en faisant mes comptes, je suis parfois surprise. Y compris quand c'est moins que ce que j'imagine (OK, c'est rare).

Monitorer son shopping n'est pas qu'une question de moyens. Je le recommande aussi aux salaires confortables qui bouclent les fins de mois sans difficultés, tant l'exercice est riche d'enseignements.

PLAFONNEZ VOTRE BUDGET

Vous n'avez pas besoin de regarder à la dépense ?
Ou, au contraire, vous ne pouvez pas imaginer réserver une portion de votre budget, même infime, au shopping ?
Dans un cas comme dans l'autre, fixez un montant.

- Faites le total de vos frais vestimentaires de l'année dernière.
- Ajoutez une cinquantaine d'euros pour l'entretien (pressing, retouches, cordonnier…)
- Puis divisez la somme par douze.
- Le voilà, votre budget mensuel plafonné[62].

Si vous déboursez davantage, vous retrancherez l'excédent sur l'enveloppe du mois suivant.
Si vous dépensez moins, tant mieux. Épargnez cet argent.

En vous fixant un budget tout au long de l'année, vous vous autorisez l'idée de faire des dépenses régulières. Mais vous savourerez aussi la satisfaction concrète et quantifiée de l'économie.

TROUVEZ UN SUPPORT LUDIQUE

À ce stade, vous me maudissez peut-être de vous exhorter à faire tant de choses par écrit… Ou alors, vous avez une idée de plus en plus précise de l'outil idéal pour regrouper toutes ces réflexions vestimentaires ?
Que ce soit un carnet dédié, une section de votre bullet journal ou une case dans votre agenda, il faut que vous ayez plaisir à vous servir de votre *shopping planner*, sans quoi cette habitude ne s'inscrira pas dans la durée.
À chaque nouvelle entrée, spécifiez :

- le cumul de dépenses annuelles à date ;
- le delta par rapport au budget mensuel ;
- la date précise de l'achat (y compris le jour de la semaine).

62. Vous pouvez convertir ce montant en budget trimestriel, si vos achats sont plus espacés sur des pièces plus onéreuses.

Avec le temps, repérez les récurrences.
C'est en faisant cet exercice au long cours que j'ai remarqué ma propension à faire du shopping en ligne le mercredi pendant la sieste de mes filles (*no comment*) ou à crever mon plafond au mois de mai.
Maintenant, quand j'entre dans une de ces périodes « à risques », je préviens les éventuels débordements.

PLANIFIEZ DAVANTAGE

Par là j'entends : créer des points d'étape réguliers, pour éviter les orgies de dépenses après x mois de ceinture totale.
Incluez-y les activités annexes au shopping :

COMMENT ORGANISER VOTRE ANNÉE DE SHOPPING ?

1. Faites un maximum de repérages en début de saison, pour éviter d'être artificiellement séduite par un « effet ristourne ».
2. Utilisez votre recueil de projets vestimentaires pour planifier votre agenda d'essayages sur les trois mois à venir.
3. Dissociez les essayages des achats proprement dits, que vous pourrez ventiler au fil des offres promotionnelles.
4. Identifiez également vos « mois dans le rouge », si vous avez des charges non mensualisées qui tombent à certaines périodes de l'année.
5. Profitez de ces semaines plus creuses pour bloquer dans votre planning des créneaux « revente/recyclage »[63].

63. Voir « Faire place nette » dans le chapitre 5, « Organiser », page 154.

CRÉEZ VOTRE BAS DE LAINE

- Si votre budget shopping est justement indexé sur votre cagnotte de revente, reliez les deux activités, par exemple avec un compte spécifique, dans lequel vous verserez les recettes et piocherez les dépenses.
- Si vous avez bénéficié d'une réduction sur un achat, notez dans votre *shopping planner* l'économie réalisée par rapport au plein tarif.
- Quand vous n'avez pas atteint votre plafond de shopping mensuel, virez le solde, même infime, sur un livret d'épargne.
- Sur Internet, priorisez les enseignes qui utilisent le système du « cashback » et vous reversent une petite commission sur vos transactions. Quelques dizaines de centimes qui, agglomérés au fil des mois, viendront grossir votre bas de laine.

FAITES VOTRE BILAN ANNUEL

Chaque mois de janvier, compulsez votre shopping de l'année écoulée pour préparer la suivante. Interrogez à la fois la dimension budgétaire de vos achats et leur pertinence dans votre dressing.

LES 7 QUESTIONS À VOUS POSER DANS VOTRE BILAN ANNUEL DE SHOPPING

Style	1 - Quels sont mes meilleurs achats de l'année ? 2 - Quels sont les plus mauvais, et pourquoi ? Doivent-ils rejoindre ma « liste noire » ? 3 - De quelles pièces de ma garde-robe pourrais-je me séparer suite à mes achats ?
Budget	4 - Où en est mon budget shopping par rapport à mon plafond ? 5 - Dois-je l'ajuster pour l'année à venir ? 6 - Quels ont été les mois difficiles à gérer et pourquoi ? 7 - Ai-je mené à bien mes objectifs de revente et d'épargne ?

Les clés

> PLAFONNEZ VOTRE SHOPPING QUELS QUE SOIENT VOS REVENUS.

> FIXEZ-VOUS UN BUDGET MENSUEL (OU TRIMESTRIEL), ET ÉPARGNEZ L'EXCÉDENT AU FIL DES MOIS.

> ORGANISEZ VOTRE AGENDA SHOPPING EN Y INCLUANT VOS REPÉRAGES, VOS ESSAYAGES, VOS CHARGES, VOTRE ACTIVITÉ DE REVENTE ET UN BILAN ANNUEL.

CHAPITRE 5

Organiser

Faire place nette

OCCUPEZ-VOUS MAINTENANT DE TOUT CE QUE VOUS AVEZ RETIRÉ DE VOS PLACARDS

Si votre odyssée vestimentaire était un voyage en mer, là, tout de suite, vous apercevriez la terre ferme.
Avant de la rejoindre il ne vous resterait, en quelque sorte, qu'à vider la cale : déstocker les vêtements et accessoires que vous avez exfiltrés de votre armoire et remisés dans un coin jusqu'à nouvel ordre.
Le nouvel ordre, c'est maintenant.
Et c'est loin d'être un détail de l'histoire.
C'est même, pour beaucoup d'entre nous, un frein, car ce « traitement des déchets » consécutif au tri exige lui aussi du temps et de l'énergie.
Voilà pourquoi nous avons patienté jusqu'à maintenant, après nous être assurées que vous aviez pu consacrer tout l'espace mental requis à la réinvention de votre garde-robe.

LA PURGE A SONNÉ

Bien sûr, certaines d'entre vous ont naturellement la bosse du commerce et le goût de la négociation. Et attendaient l'heure de la revente avec impatience.
Pour les autres, c'est un peu la purge qui commence, dans tous les sens du terme.
Et ce n'est pas une fatalité.
Tout ce qui vous manque, c'est la bonne méthode.

DANS QUEL ÉTAT SONT VOS VÊTEMENTS ?

Réunissez vos indésirables et séparez-les en trois piles :

1 abîmé (taché, troué, bouloché, feutré, etc.)

2 en bon état

3 impeccable

Placez les deux premières piles dans de grands sacs ou de grands bacs de rangement.

Pliez/suspendez proprement les vêtements de la troisième pile. Consacrez-y un de vos portants utilisés pendant la phase de tri. Identifiez au passage les pièces qui ont besoin d'être nettoyées ou envoyées au pressing.

Puis revenez vers le stock des abîmés.

NE JETEZ RIEN, RECYCLEZ

À l'heure où le recyclage textile est généralisé, ne jetez plus le moindre vêtement usé à la poubelle.

Containers accessibles 24 heures sur 24, collectes de quartier, marques échangeant les étoffes usées contre des bons d'achat, associations se déplaçant à votre domicile sur rendez-vous, les méthodes sont multiples et peuvent contenter aussi bien les altruistes que les partisans du moindre effort. De quoi céder sans complexe à la tentation du « bon débarras ».

Si en revanche vous supportez mal l'idée de voir partir en fumée des années de shopping, bien sûr, il faut revendre.

Mais c'est plus facile à dire qu'à faire.

LA REVENTE, UN JOB PEU CHER PAYÉ

Mieux vaut trouver du plaisir à commercer. Car en matière de gains purs, vous serez souvent déçue.

Même de marque, un vêtement en excellent état ne se monnaye qu'une poignée d'euros en vide-greniers. C'est injuste, mais c'est comme ça.
Quant à la popularité des vide-dressings en ligne, elle a fait exploser les standards de la revente.

Avec ses annonces toujours plus détaillées, ses photos toujours plus léchées, ses acheteurs toujours plus sourcilleux qui négocient par principe et ses allers-retours à La Poste ou en relais colis, le business de la revente est devenu à la fois plus pro, plus chronophage et moins rémunérateur.

La tendance n'est pas qu'à la baisse des commissions pour les plateformes de revente, elle l'est aussi à celle des prix.
Et plus la logistique est allégée pour le vendeur[64], plus sa rétribution est maigre.

NE REVENDEZ QUE CE QUI EST IMPECCABLE, DONNEZ LE RESTE

D'office, ne vous épuisez pas à revendre des pièces qui ne sont pas comme neuves. Pour tous les motifs précédemment évoqués, le jeu n'en vaut pas la chandelle.
Faites-vous une raison pour ces vêtements « en bon état », le plus utile reste encore de les donner, ou de les recycler en magasins contre des coupons de réduction.
Réservez à la revente vos « impeccables » et si vous voulez en tirer le maximum, soyez prête à y consacrer du soin et de fréquents week-ends.

---

64. Comme sur le site Prêt à changer qui rachète cash vos vêtements en vous envoyant une box à domicile.

CULTIVEZ UN ART DE LA REVENTE

Pour agrémenter une activité potentiellement rébarbative, il n'y a pas 36 solutions, il faut s'y adonner avec minutie. Voire avec esthétisme.
Photographier au flash et à l'arrache un vêtement pas tout à fait net va saper votre moral.

10 HABITUDES POUR PRENDRE DU PLAISIR À REVENDRE

1 Anticipez le nettoyage/repassage de vos pièces à revendre, rassemblez-les sur un portant (voire, faites-les sécher directement dessus sur cintre).

2 Préparez vos « séances photos » avec un arrière-plan dégagé et des accessoires sobres et clairs (cintre, patère, tabouret pour les chaussures, éventuellement buste d'atelier pour les tops et vestes...).

3 Notez à quelle heure vous avez la meilleure lumière naturelle et groupez vos prises de vues.

4 Profitez de ces moments où vous manipulez les vêtements pour y prendre les mesures nécessaires, qui pourront vous être demandées par un futur client, et recopiez les éventuelles références du modèle.

5 Prenez un cahier de brouillon (ou un traitement de texte), et réservez-y une page par objet à revendre, dans laquelle vous regrouperez toutes vos notes.

6 Rédigez vos annonces avec exhaustivité, toujours sur le même modèle, pour les dupliquer plus facilement.

7 Pour ne pas perdre du temps à chaque téléchargement, convertissez vos photos en moyenne résolution, les plateformes de revente n'aiment pas les images en HD, trop lourdes à stocker.

8 Créez-vous un dossier « revente » où vous centraliserez vos preuves de dépôt à La Poste ou en relais colis, et tous les éventuels documents papier relatifs à vos annonces.

9 Et bien sûr, revendez au bon moment pour vous. Idéalement, un mois faible en shopping et fort en factures et charges diverses. Histoire d'avoir les coudées franches et la motivation *ad hoc*.

10 Ne vous interdisez pas forcément de poster des annonces de vêtements « hors saison ». Si vous êtes sur votre lancée, pourquoi pas ? On peut toujours avoir de bonnes surprises, tomber sur un client qui prépare un voyage. Ce sera toujours ça de fait... mais ne soyez pas trop pressée. Ce ne sont assurément pas ces pièces-là qui partiront le mieux.

PÉRENNISEZ LE TRI SÉLECTIF

Maintenant que vous avez goûté aux joies du déstockage, ne vous arrêtez pas en si bon chemin.

> **Le tri sélectif doit devenir une seconde nature, pour que la purge de votre garde-robe soit endogène, naturelle et régulière.**

Aménagez chez vous un mini-espace de « tri sélectif » permanent, où vous canaliserez les vêtements devenus indésirables (les vôtres et ceux des membres de votre famille). En respectant toujours ces trois catégories : « abîmé », « en bon état » et « impeccable » et en triant après lessive.
L'emplacement idéal se situe donc à proximité de votre machine à laver (plutôt que dans votre dressing).

Enfin, si vous êtes adepte des containers et autres solutions de recyclage, ayez toujours quelques sacs d'avance, prêts à emporter. Car en magasins vous devrez fragmenter vos passages chez les enseignes qui plafonnent le dépôt journalier.

Les clés

> CRÉEZ VOS RITUELS DE REVENTE POUR Y TROUVER DU PLAISIR.
> NE JETEZ RIEN, RECYCLEZ.
> ORGANISEZ UN ESPACE DE TRI SÉLECTIF PERMANENT CHEZ VOUS, POUR FACILITER LES PURGES VESTIMENTAIRES RÉGULIÈRES.

La prime à l'efficacité

REFUSEZ LE RANGEMENT CHRONOPHAGE

Après avoir clarifié votre relation à vos vêtements (diagnostiquer) et écrémé votre dressing (trier), vous avez constitué votre patrimoine vestimentaire (se révéler), affiné vos besoins réels et repensé votre rapport au shopping (acheter).
Le périmètre esthétique et émotionnel de votre garde-robe se fait plus précis. Reste à définir son périmètre « logistique », à savoir un lieu et une organisation quotidienne.

QUAND, COMMENT ET EN COMBIEN DE TEMPS ?

Cintres, étagères et noyau dur[65] doivent vous faire gagner du temps chaque jour. D'ailleurs, vous êtes plutôt du soir ou du matin ?

65. Voir « Le noyau dur » dans le chapitre 2, « Trier », page 62.

9 QUESTIONS POUR MIEUX CERNER VOTRE ROUTINE D'HABILLEMENT

1 Décidez-vous de votre tenue au réveil ou avant d'aller vous coucher ?

2 Dans combien d'endroits différents votre garde-robe est-elle entreposée ?

3 Êtes-vous satisfaite de votre système de rangement actuel ?

4 Avez-vous le sentiment d'avoir suffisamment ou trop peu de place ?

5 Discernez-vous chacun de vos vêtements individuellement dans votre dressing ?

6 Pouvez-vous atteindre chacun d'eux sans effort (sans monter sur une chaise ou faire s'écrouler une pile) ?

7 Vos vêtements sont-ils « opérationnels » quand vous les récupérez (repassés ou défroissés) ?

8 Où vous habillez-vous (dans votre chambre, salle de bains, entrée...) ?

9 Vous regardez-vous une fois habillé(e) ? Où ? (Dans l'ascenseur une fois que c'est trop tard, ça ne compte pas).

But de la manœuvre : déterminer si vos vêtements sont au bon endroit, au bon moment et en bon état.
Et quelle est votre marge d'optimisation.

PETITS ESPACES, GROS CHALLENGE

Un dressing clair, aéré, lisible est un préalable à une bonne organisation quotidienne, surtout si vous choisissez votre tenue furtivement le matin, à la torche de votre smartphone, pour ne pas réveiller vos colocataires.
Mais on n'a pas tous le luxe de réserver une pièce entière ou de larges espaces de stockage à nos vêtements.
À ceux qui vivent dans une petite surface, Marie Kondo recommande d'autant plus le pliage vertical[66], une technique de rangement permettant de compacter un maximum de vêtements dans des tiroirs ou des paniers.
Mais outre l'apprentissage et le temps qu'il demande, ce pliage de compétition vous sera d'une aide limitée si vous portez essentiellement des tailleurs, costumes, chemises, blouses ou robes vaporeuses. Autant de pièces exigeant d'être suspendues...

ALORS, SUSPENDRE OU PLIER ?

Pour trouver le bon système, partez de vos vêtements et de vos habitudes, plutôt que d'une image mentale de « beau » dressing. Allez vers ce qui est le plus fonctionnel, logique, efficace pour vous.

> **Votre organisation idéale est indexée sur votre style vestimentaire, votre routine matinale et la façon dont vous entretenez votre linge.**

Oui, plier dans les règles de l'art, ça s'apprend. Mais même avec de la pratique, ça prend du temps. Et ça vous en prendra tous les jours.

66. *La Magie du rangement* (éditions First, 2015).

Si vous procrastinez sans cesse les piles à plier, vous ne tiendrez pas sur le long terme. Alors si vous avez la flemme ou mieux à faire (et qui vous en voudrait ?), et si vous trouvez plus simple de suspendre, suspendez.
A contrario, un jean se plie plus vite qu'il ne s'accroche, et un pull se déforme s'il est suspendu.
Votre dressing optimal doit donc doser le pliage et la suspension, avec bon sens.

DRESSING OUVERT OU DRESSING FERMÉ ?

De quelle place et de quels meubles disposez-vous ?
Un dressing n'a pas forcément vocation à rester fermé et à l'abri des regards, inventez votre propre système.

Gardez à l'esprit que vos vêtements doivent être visibles individuellement, avoir de l'air et de l'espace, et rester accessibles.

- Donc, jamais deux pièces sur le même cintre.
- Et jamais de vêtement ou accessoire hors d'atteinte. Le geste pour y accéder doit être le plus court possible. Tendre le bras ou ouvrir un tiroir, point final. Une pile qu'il faut déplacer, une échelle sur laquelle il faut monter, une malle qu'il faut ouvrir après avoir débarrassé ce qui est posé dessus, c'est une mauvaise idée.
- Enfin, laissez aux garde-robes hyper-entretenues et/ou réduites l'apanage des dressings entièrement « ouverts », avec des vêtements exposés sur des étagères ou des portants.

À QUEL POINT UN DRESSING DOIT-IL ÊTRE ESTHÉTIQUE ?

Mailles délicatement repliées, jeans et T-shirts lissés, rangement par couleur ou par longueur... les idées aussi photogéniques que chronophages ne manquent pas pour qui peut consacrer 30 minutes par jour à la maintenance de son dressing. Entrer en penderie comme on entre en boutique, avec une garde-robe somptueusement agencée, c'est évidemment un accélérateur d'inspiration et de plaisir vestimentaire.
Mais si le temps que vous passez à sauvegarder cette harmonie visuelle grignote celui que vous gagnez en vous habillant plus facilement le matin, vous n'y trouverez pas votre compte.
Sans parler de la lessive.
Quand on a déjà épuisé de précieuses minutes en nettoyage/séchage/repassage (parfois pour plusieurs membres du foyer), lorsque le moment de ranger arrive, on doit pouvoir aller au plus rapide.

> **L'harmonie de votre dressing ne peut pas dépendre entièrement de son degré de rangement.**

Priorisez les quelques astuces « gain de beauté » qui ne demandent aucun entretien.

4 ASTUCES INSTANTANÉES (ET DÉFINITIVES) POUR EMBELLIR VOTRE DRESSING

1 Assortir les cintres (dont quelques modèles à encoches pour les hauts à fines bretelles, et en velours pour les étoffes glissantes).

2 Utiliser des paniers (ou des séparateurs de tiroirs si vous avez une commode) pour pouvoir y « lancer » ce que vous ne plierez jamais (lingerie, collants, foulards...).

3 Intercaler des étagères supplémentaires dans votre placard pour stocker les pièces plus plates (comme vos jeans en hiver ou vos shorts en été) et accroître la capacité de rangement.

Mieux vaut deux étagères avec des piles moins hautes plutôt qu'une seule façon tour de Pise.

4 Rhabiller votre placard lui-même. Étagères repeintes, insert de papier peint... Ayez la main légère, pour prioriser encore et toujours la clarté. Et ajoutez un miroir. Même si vous en avez déjà un dans votre entrée.

Les clés

> CHAQUE VÊTEMENT DE VOTRE ARMOIRE DOIT ÊTRE VISIBLE ET ACCESSIBLE INSTANTANÉMENT.

> N'ESTHÉTISEZ PAS VOTRE DRESSING À L'EXTRÊME, SOUS PEINE DE PERDRE QUOTIDIENNEMENT DE L'ÉNERGIE À Y MAINTENIR L'ORDRE.

> RAPPELEZ-VOUS QUE TOUT PLIER FAIT GAGNER BEAUCOUP DE PLACE... ET PERDRE BEAUCOUP DE TEMPS.

Photogéniques, mais pas hygiéniques

EXPOSER SES CHAUSSURES, OUI MAIS...

Vous fantasmez sur les mises en scène façon bibliothèque de souliers ?
Moi oui.
Puis je constate l'état de mes semelles à la fin de la journée, et je me souviens que ce n'est définitivement pas pour moi.
Je ne suis pas soigneuse avec mes chaussures, déjà.
Mes sandales ont tendance à finir entassées dans un panier (souvenez-vous)[67], et mes Dr. Martens peuvent traverser l'hiver avec la même traînée de boue que je ne prends pas la peine de nettoyer.
Mon cas est un peu particulier, mais il illustre néanmoins une réalité brutale.

Les chaussures sont les membres à la fois les plus photogéniques et les moins hygiéniques de notre garde-robe.

Contrairement à nos vêtements, elles ne s'empilent pas proprement.

67. Voir l'introduction, page 7.

Et pour la grande majorité d'entre elles, ne se laveront jamais. Trimballant quotidiennement leur gangue de saletés et micro-organismes plus ou moins identifiés, de la terre à la déjection en passant par le vieux chewing-gum ou l'insecte ratatiné. Garderiez-vous du linge dans cet état à proximité de vos vêtements propres ? Assurément, non.
Nettoyez-vous systématiquement vos semelles en rentrant chez vous ? Non plus, pas vrai ?

VOS CHAUSSURES NE SONT PAS DES BIBELOTS

Pourtant, grande est la tentation de dédier à nos plus beaux spécimens un piédestal dans notre dressing, parce que c'est si joli sur les photos.
Mais de quoi ces semelles lisses qui n'ont jamais l'air d'avoir foulé le bitume ou les graviers ont-elles le nom ? Celui de chaussures non portées.
Et ce n'est pas ce que je vous souhaite.
Alors à moins d'avoir un majordome qui brique vos souliers à l'office tous les soirs, adoptez cette règle de conduite : l'hygiène, toujours l'hygiène.
Chez vous, évitez les semelles tournées vers le ciel ou posées à hauteur de regard.
Elles n'ont rien à faire accrochées derrière une porte, sur une échelle, des cintres à sandales ou Dieu sait quelle abomination dont les fabricants de « solutions de rangement » ont le secret.

RANGER = CHOISIR LE JUSTE ENCOMBREMENT

Ce n'est pas un énième gadget ou un catalogue de déco qui va vous fournir clé en main l'organisation idéale, mais la combinaison de quatre facteurs subjectifs : non seulement la **quantité** mais aussi le **format** de vos chaussures (basses ou plates, mi-hautes, hautes), leur **mise** en scène (exposées ou rangées) et **l'encombrement** envisagé (perdre de la surface au sol ou en hauteur). En ordonnant vos chaussures – donc sans les entasser en vrac –, vous allez quoi qu'il arrive perdre en espace habitable.

> **Au-delà d'une dizaine de paires (et on y arrive vite), le taux d'encombrement (au sol ou en hauteur) grimpe en flèche, surtout si vous portez beaucoup de talons et de bottes.**

Alors commencez par inventorier vos souliers (oui, comme moi au début de ce livre).
Sortez-les tous, toutes saisons confondues (car vous ne changerez pas de système de rangement tous les six mois) et disposez-les chez vous, sur le sol, en les triant par hauteur.

Combien avez-vous de paires...

- plates (nu-pieds, baskets basses, derbies, ballerines, tongs...) ;
- mi-hautes (boots, baskets montantes, sandales à talons...) ;
- hautes (bottes cavalières, de moto, de pluie, de neige, cuissardes...) ?

Une fois votre inventaire dressé, passez-le au filtre des deux autres critères : choix de mise en scène et d'encombrement.

SI VOUS PRÉFÉREZ EXPOSER VOS CHAUSSURES

Les modèles plats et mi-hauts peuvent être rangés facilement dans un banc d'entrée, qui vous servira également d'assise pour vous chausser. Choisissez-le avec des casiers modulables, suffisamment profonds (surtout si vous faites du 42 plutôt que du 36).

Et pour éviter que des dépôts de semelles sales ne contrastent sur un revêtement très clair, préférez une teinte boisée ou métallisée plus sombre.

SI VOUS OPTEZ POUR UN RANGEMENT FERMÉ

Difficile de faire plus propre et moins encombrant qu'une console à tiroirs obliques. Tous les formats de chaussures peuvent y entrer mais ses vertus sont limitées. Il faut la visser au mur et chaque console n'accueille en moyenne qu'une dizaine de paires mi-hautes. Combinez-en plusieurs sur un long pan de mur, le cas échéant.

ET CE BON VIEUX CAGIBI ?

Oui, ce placard dans lequel vous rangez vos manteaux. Il est tout désigné pour accueillir votre collection de bottes, dûment alignées au sol. Et ce sera l'occasion d'en virer cette planche à repasser, ce balai ou cet aspirateur qui vous empêchaient d'attraper quoi que ce soit à l'intérieur sans vous contorsionner ou tout faire tomber.

Les clés

> LE RANGEMENT DE VOS CHAUSSURES EST EXIGEANT EN HYGIÈNE COMME EN ESPACE.
> LE FORMAT DE VOS PAIRES COMPTE AUTANT QUE LEUR QUANTITÉ.
> SI VOUS DÉCIDEZ DE RANGER EN HAUTEUR, CHOISISSEZ TOUJOURS DES MEUBLES FERMÉS.

Hors saison, hors de vue

POUR MIEUX REDÉCOUVRIR VOS VÊTEMENTS, ADOPTEZ LE DRESSING SEMESTRIEL

Vous le savez, moins votre dressing contiendra de pièces, plus il sera lisible, efficace et agréable à utiliser.
Je milite donc pour un exfiltrage impitoyable des vêtements « hors saison ».
En ne gardant à portée de vue et de main que votre garde-robe des trois prochains mois, six maximum.

TRANSHUMANCE ET RETROUVAILLES

En fonction de votre météo locale, tous vos vêtements et accessoires ne connaîtront pas cette transhumance.
De nombreuses pièces sont vouées à nous accompagner tout au long de l'année, comme les chemises, ceintures ou baskets.
D'autres sont circonstancielles, comme les doudounes, écharpes ou nu-pieds.
À celles-ci, vous réserverez un rituel saisonnier de dernier lavage/passage au pressing et chez le cordonnier, avant de les empaqueter pour l'année suivante.
De quoi pouvoir sauter à pieds joints dans les beaux jours le moment venu, où vous aurez mieux à faire (et probablement une pédicure).

COMMENT RANGER VOTRE GARDE-ROBE HORS SAISON ?

Prévoyez des housses fermées pour les vêtements sur cintres et deux bacs à couvercle, l'un pour les vêtements soigneusement pliés et l'autre pour les chaussures, éventuellement glissées dans des pochons individuels.
L'endroit idéal où stocker vos « hors saison » dépend de votre lieu de vie et du nombre de contenants concernés. Garage, grenier, cave sèche... je n'ai pas de religion. Tant qu'ils sont stockés au propre, ne végètent ni dans le passage ni dans le périmètre de votre dressing actuel.

L'essentiel est de les faire disparaître suffisamment de votre espace visuel et mental pour provoquer, chaque année, des retrouvailles émues. Ou, *a contrario*, des épiphanies salvatrices (« Ah non, cette robe, j'en peux plus ! »).

Les clés

> NE GARDEZ DANS VOTRE DRESSING QUE LA MOITIÉ DE VOTRE GARDE-ROBE, CELLE DES 3 À 6 PROCHAINS MOIS.
> RESPECTEZ VOTRE RÉPARTITION SUSPENSION/PLIAGE AVANT DE STOCKER VOS HORS SAISON À L'ABRI DE L'HUMIDITÉ, DES PARASITES MAIS AUSSI DE LA LUMIÈRE.
> RETROUVEZ-LES D'UN ŒIL NEUF (ET IMPITOYABLE) CHAQUE ANNÉE.

Vos meilleurs looks au saut du lit

LA GARANTIE DE SE LEVER DU BON PIED

À quoi serviraient tous ces beaux efforts si votre dressing ne devenait pas un accélérateur de style matinal ?
Que la nuit ait été courte ou que vous tâtonniez dans l'obscurité, partons du principe qu'au réveil, il vous faut un pense-bête pour accéder instantanément à vos meilleurs looks, au saut du lit. Sans avoir besoin de multiplier les essayages dans un agacement exponentiel.
Reprenez le support sur lequel vous avez noté, à l'étape du tri, les 7 tenues (ou davantage) de votre noyau dur saisonnier[68].
Gardez-en une copie sous la main pour y piocher l'inspiration instantanée. Quitte à la punaiser dans votre armoire.
Je vous en ai déjà parlé au début de ce livre, je suis fascinée par la méthode d'Iris, une de mes lectrices, à l'ADN viscéralement « gestionnaire »[69].

UN INVENTAIRE RESTREINT… MAIS SOPHISTIQUÉ

Après avoir réduit depuis plusieurs années sa garde-robe saisonnière à une dizaine de tenues triées sur le volet, cette

68. Voir « Le noyau dur » dans le chapitre 2, « Trier », page 62.
69. Voir « Quel est votre ADN vestimentaire ? » dans le chapitre 1, « Diagnostiquer », page 33.

professeure de lettres classiques (au look tout sauf classique) les a réunies sur une page Word, qu'elle met à jour par ordre de préférence, tout en l'enrichissant d'idées d'associations et d'envies shopping.
Sa méthode, aussi concise que pointue, a rencontré un écho si enthousiaste sur mon blog que je l'ai invitée à la détailler davantage dans ces pages :

« Il faudrait s'habiller chaque jour comme pour un premier rencard. »

Iris

Comment as-tu cerné tes meilleurs looks ?

Iris. Mon idée, ce n'était pas d'avoir une base de données des centaines de combinaisons possibles des différentes pièces de mon dressing, je m'y perdrais. Ce que je veux, c'est être honnête envers moi-même. Et bienveillante, en flattant ma morphologie et mon teint. J'ai donc déterminé les bons volumes, les longueurs et coupes idéales, et j'évite de porter près du visage les blancs et beiges prétendument basiques ainsi que le moutarde, couleur qui « hipsteriserait » instantanément n'importe quel look mais me fait une mine déprimante.
Pour chaque tenue, je pars d'un vêtement « ami » (un pantalon stylé qui me fait une jolie silhouette, un pull bien coupé et à la couleur flatteuse) en cherchant comment la bonifier pour passer de « pas mal » à « géniale » et pensée dans tous ses détails. Ce qui est faisable quand on a peu de tenues.

J'ai dans mon armoire, chaque saison, une dizaine de silhouettes qui correspondent à ces critères, dont une bonne partie composée de vêtements assez vieux. Eh bien, je ne mets plus qu'elles.

OK, je vais m'habiller souvent à l'identique d'une semaine à l'autre, et alors ? Je préfère me sentir bien dans mes pompes, pas déguisée, que varier juste pour le plaisir de varier.

On s'imagine à tort qu'une panoplie réduite de looks est plus facile avec un style assez épuré. Mais ce n'est pas ton cas...

Mes « basiques » à moi n'ont rien à voir avec ceux martelés par les magazines. Selon lesquels une femme digne de ce nom se doit de posséder un T-shirt blanc parfait, une marinière, un slim brut, une petite robe noire ou un trench.

Pour ma part, je n'ai aucun de ceux-là, j'en avais acheté certains parce que je trouvais ça beau sur les autres, mais j'ai bien été obligée de constater que ça ne fonctionne pas avec ma morphologie, mon teint ou mon style tout simplement. On peut donc se lasser d'un vêtement labellisé basique et chérir des années un autre qui ne l'est pas.

Parmi mes silhouettes fétiches de demi-saison, on trouve aussi bien une association sweat marine + col de chemise blanche qui dépasse + chino kaki imprimé hirondelles + baskets blanches qu'un trio pantalon carotte taille haute rayé bordeaux et gris + top noir près du corps rentré dedans + bottines lacées à talon ou grosses baskets. Ou encore une robe-chemise noire à pois blancs, ceinturée et longueur midi, portée avec une veste en jean et des baskets noires ou des Dr. Martens.

Comment fonctionne ta liste au quotidien ?

Elle tient sur une page Word, organisée en quatre grands paragraphes.
Dans le premier, je précise les grandes lignes que je souhaite impulser à mon style. Y est noté par exemple : « look décontracté mais stylé, tendance arty, féminin/masculin mais plus chic que dans ma vingtaine, avoir des pièces fortes et de bons basiques, acheter plus de vintage, plus éthique, miser sur les accessoires, introduire de la couleur ou de l'imprimé dans chaque tenue ». En fait, il faudrait s'habiller chaque jour comme pour un premier rencard...

Dans le deuxième paragraphe, je récapitule les derniers achats que j'adore et porte régulièrement (datant de moins de deux ans sinon c'est trop long, mais ça dépend de l'ampleur de votre garde-robe), ça tient en cinq lignes, et je précise systématiquement la marque. J'essaie aussi de les classer par fréquence d'utilisation. Comme ça, j'ai une vision globale des marques qui me plaisent... et je m'aperçois en plus que ce ne sont pas les articles les plus chers que je mets le plus !

Au troisième paragraphe, je détaille les pièces ou une idée d'association de couleurs qui compléteraient avantageusement mes tenues. Pareil, ça tient en cinq lignes, l'idée étant d'aller à l'essentiel et de ne noter qu'un article quasi indispensable, qui bonifierait quatre ou cinq tenues minimum.

Enfin je termine la page par l'index de mes tenues pour la saison. Je les classe par ordre de préférence, donc, en premier, celles que je mets le plus facilement, qui me mettent en confiance. Chaque tenue tient en une ligne ou deux maximum, en commençant par le bas, puis les quelques hauts possibles, puis les chaussures possibles, puis le manteau.

Je regroupe les pantalons puis, en sautant une ligne, les robes/jupes/shorts. C'est là que je remarque que j'ai beaucoup de tenues autour d'un pantalon mais peu autour de robes et jupes. Et donc, hop, je retourne au paragraphe 3 et j'écris dans la liste des articles à acheter: robe ou jupe, en étant plus spécifique, par exemple jupe courte trapèze en vinyle ou en velours côtelé, de préférence bordeaux, vert foncé, camel...

Tu t'y réfères donc systématiquement quand tu fais du shopping ?

Oui, avant tout achat en ligne, j'ouvre mon fichier Word et je l'imagine dans ma dizaine de tenues. Si j'hésite entre deux paires de chaussures ou deux manteaux, je les confronte virtuellement à chacune de mes silhouettes. Je choisis soit l'achat qui matche avec le plus de tenues, soit celui qui va bonifier quelques tenues en déficit d'éclat. Un sac noir ira sûrement avec quinze silhouettes, mais ce petit sac léopard en dopera cinq et me mettra en joie. Les deux arguments se valent et je choisis selon l'humeur du jour.

Comme le prouve l'organisation d'Iris, formaliser un inventaire de tenues précises vous est utile à toutes les étapes de votre odyssée vestimentaire : trier, s'habiller au jour le jour, investir.

Une fois développé et enrichi, votre « noyau dur » de looks est voué à devenir la plaque tournante de votre style et de votre logistique quotidienne.

Pour ma part, je tiens ma liste personnelle sur un tableau Excel, pour pouvoir y visualiser en plus les couleurs de ma palette. J'y sépare les tenues plus formelles (compatibles avec des engagements sociaux ou professionnels) des tenues plus décontractées, bienvenues le week-end et en famille.
Et je ne m'arrête pas là.

UNE GARDE-ROBE PORTATIVE

Depuis quelques années, je transporte mon dressing partout avec moi grâce à une application sur smartphone.
J'utilise actuellement l'anglophone (et payante) Cladwell, mais de nombreuses applications existent avec les mêmes fonctionnalités :

- tenir l'inventaire complet de sa garde-robe et son *cost per wear* au jour le jour ;
- enregistrer ses looks favoris ;
- mesurer l'efficacité de sa palette de couleurs, et d'éventuelles disparités entre les teintes que l'on possède et celles que l'on met vraiment ;
- préparer sa valise avant un voyage et enregistrer son contenu pour la fois suivante ;
- et bien sûr, savoir quel pourcentage de son dressing on porte réellement.

Les plus sophistiquées incluent également des générateurs de looks qui vous proposent des tenues chaque matin en fonction de votre météo locale ou un onglet shopping vous permettant de savoir avec quels vêtements déjà présents dans votre garde-robe vous pourriez associer tel nouvel achat.

LES SURPRISES DE L'ALGORITHME

Les résultats, calculés par un algorithme, sont parfois fantaisistes. On ne peut pas trop compter dessus, l'application ayant parfois du mal à distinguer la saisonnalité de certains vêtements ou chaussures. Jusqu'à vous recommander de porter une nuisette avec des bottes fourrées...

Mais parmi les milliers de looks proposés (12 000 pour ma garde-robe qui compte environ 90 pièces, vêtements et chaussures confondus. Voilà qui donnerait des boutons à Iris...) on a de temps en temps de jolies surprises, des « bons mix » que l'on n'aurait pas pensé faire spontanément.

Même si l'application idéale reste à inventer, je ne pourrais plus me passer de cet outil. Lequel me permet également, d'un seul coup d'œil et sans forcément être chez moi, de remarquer brutalement quel vêtement est décidément en trop dans mon placard. L'organisation quotidienne idéale ce n'est pas simplement s'habiller, c'est encore et toujours le réflexe de trier. Pour « bonifier », comme dit Iris.

Les clés

> INVENTORIEZ VOS MEILLEURS LOOKS ET PIOCHEZ DANS LA LISTE CHAQUE MATIN AU SAUT DU LIT.

> N'HÉSITEZ PAS, COMME MA LECTRICE IRIS, À RÉDUIRE L'ÉVENTAIL DE VOS TENUES FÉTICHES, POUR MIEUX LES SUBLIMER.

> GARDEZ VOTRE GARDE-ROBE AVEC VOUS, TOUT LE TEMPS, GRÂCE À UNE APPLI MOBILE DÉDIÉE.

Partager son territoire

ET FAIRE PROFITER (SUBTILEMENT) DE SES ACQUIS À SES PROCHES

Vous pouvez toujours laisser traîner ce manuel en évidence sur la table du salon. Encore faut-il résister à l'envie d'intervenir soi-même dans les placards des autres.
Car comment tolérer un jour de plus ces jeans roulés en boule, ces T-shirts fourbus, ces chemises étriquées qui vous narguent sur votre territoire ?
Vous vous en doutez : commencer à vous en mêler, c'est mettre le doigt dans l'engrenage. Et vous condamner à jouer les valets de chambre pour le restant de vos jours.

NEUTRALISER ENFANTS ET CONJOINT

Alors si devenir l'intendant officiel de toutes les penderies du foyer ne vous effraie pas mais que votre patience a des limites, voici ce que vous pouvez déjà mettre en place, l'air de rien.

COHABITATION PACIFIQUE, MODE D'EMPLOI

MEMBRE DU FOYER	PROBLÉ-MATIQUES	LA FAUSSE BONNE IDÉE	LES VRAIES SOLUTIONS
L'enfant en bas âge	• layette et petit linge peu encombrants mais difficiles à ordonner • lessives incessantes • change de taille chaque trimestre	• l'armoire mignonne, les étagères ou la penderie bohèmes, pas du tout fonctionnelles à cet âge	• une commode fermée avec des séparateurs de tiroirs. • un panier à linge propre près de la machine à laver, pour y remiser au fur et à mesure les vêtements trop petits
L'ado baroque	• éruption vestimentaire permanente • essayages nocturnes ou matinaux en cachette • hygiène approximative • phobie du rangement	• tenir coûte que coûte au linge plié • menacer de jeter les vêtements sales	• virer sa commode • remplacer les étagères ou tiroirs par une penderie et suspendre le plus de vêtements possible • jeter *vraiment* les vêtements sales

MEMBRE DU FOYER	PROBLÉ-MATIQUES	LA FAUSSE BONNE IDÉE	LES VRAIES SOLUTIONS
Le conjoint méfiant	• garde les vêtements trop petits « au cas où » • refuse de se séparer des plus usés • occupe finalement plus de place que vous dans l'armoire	• le consulter	• faire disparaître discrètement chaque vêtement indésirable • utiliser votre tour de lessive pour détruire les plus néfastes « accidentellement » • garder quelques spécimens sous le coude pour pouvoir les dégainer s'ils sont réclamés • s'en débarrasser définitivement s'ils ne le sont pas (dans les trois mois)

Les clés

> NE SUBISSEZ PAS LA LOI DE VOS COLOCATAIRES, MAIS NE VOUS ÉPUISEZ PAS À LES CONTRÔLER.

> DOMPTEZ LE CHAOS AVEC QUELQUES ASTUCES SOURNOISES, AUSSI DISCRÈTES QUE RADICALES.

Et bon voyage !

LA VALISE EXPRESS, C'EST LE TEST ULTIME

Juste par curiosité : combien d'articles de presse, interviews, posts de blogs et autres tutoriels pour concocter « la valise idéale » avez-vous déjà consultés ?
Moi-même, j'ai beau avoir mis en place un protocole qui me convient depuis plusieurs années, je découvre avec une curiosité intacte les méthodes des autres, tant cet art du voyage, toujours personnel, me fascine.
Parce que l'on retrouve évidemment dans notre valise les traits fondateurs de notre ADN vestimentaire.

VALISES ET MAROTTES

- La gestionnaire va préparer ses tenues à l'avance, et sa « capsule » parfaitement coordonnée[70].
- La festive va surdoser le quota de vêtements « fun » et partir avec une seule paire de chaussettes.
- La pragmatique compulsera jusqu'au dernier moment la météo de son séjour pour éradiquer le moindre gramme superflu.
- L'affective désespérera de ne pas pouvoir empaqueter l'intégralité de ces achats « dolce vita » qui l'ont fait fantasmer tout au long de l'année.

70. Voir « Quel est votre ADN vestimentaire ? » dans le chapitre 1, « Diagnostiquer », page 33.

Nos voyages professionnels n'occupent pas le même statut psychologique, même si l'on fait plus souvent sa valise pour travailler, que pour s'échapper au soleil, au vert ou sur les pistes.

Nos bagages « pros » ne sont pas chargés de cette mission complexe : habiller notre vie rêvée, celle qui rompt l'ordinaire, nous réinvente, tout en aiguillant notre peur de manquer.

Alors comment concilier l'inconciliable ?
Réussir à compacter notre imaginaire vestimentaire dans un bagage cabine, ou une maxi-valise à partager en famille ?
Les gestionnaires restent nos meilleurs éclaireurs.
Munis d'un agenda de leur séjour, ils indexent l'ensemble des contextes à prévoir, et dénombrent les tenues adéquates.
Procédez de même.

HABILLEZ-VOUS MENTALEMENT

Élaborez les silhouettes idéales pour chaque journée. Utilisez votre palette de couleurs[71] pour optimiser les synergies.
Puis en jaugeant le total des vêtements et accessoires nécessaires à la durée de votre séjour (sans oublier vos nuits), repérez lesquels font double emploi et réduisez la liste au maximum.

71. Voir « Haut en couleur » dans le chapitre 3, « Se révéler », page 90.

VOYAGE À :

MÉTÉO	DURÉE DU SÉJOUR
....	.... jours
....	.... nuits

CONTEXTES	DÉTAIL DES TENUES
VISITES ☑ occurrences dans l'agenda	☐ .... ☐ .... ☐ .... ☐ .... ☐ ....
DÎNERS & SORTIES ☑ occurrences	☐ .... ☐ .... ☐ ....
SPORT ☑ occurrences	☐ .... ☐ .... ☐ ....
VOYAGE ☑ occurrences	☐ .... ☐ .... ☐ ....

À EMPORTER

HAUTS

....

....

BAS

....

....

ROBES

....

....

CHAUSSURES

....

....

VESTES

....

....

MANTEAUX

....

....

Penser à... ?

☐ sacs ☐ foulard/écharpe ☐ ceinture ☐ lunettes de soleil

☐ bijoux ☐ bonnet/chapeau

☐ culottes ☐ autre lingerie ☐ chaussettes ☐ collants

☐ pyjamas et/ou nuisettes

☐ pantoufles ☐ robe de chambre ☐ sac à linge ☐ défroisseur

Anticipez suffisamment pour avoir le temps de peaufiner cet inventaire et de faire vos ultimes lessives.

Car chaque valise se prépare en deux temps:
1 - l'inventaire de son contenu, au moins 48 heures en amont;
2 - l'assemblage proprement dit de vos bagages.

GARE AU CONTENU, GARE AUX CONTENANTS

Du choix de votre bagage à main, en passant par votre méthode de rangement ou la malédiction de la trousse de toilette, voici quelques parades aux embûches les plus fréquentes.

PETIT PRÉCIS DE VOYAGE SEREIN

LE THÈME	LE RISQUE	LA PARADE
La valise	• La tentation du beau sac de voyage ou de la valise vintage sans roulettes. Vous vouliez faire chic sur le tapis roulant de l'aéroport ou tout simplement garder les mains libres. Mais passé un certain poids, vous vous en mordrez les doigts, quand vos bagages vous scieront l'épaule, la paume et vous ballotteront dans les jambes.	• La valise la plus pratique n'est pas toujours la plus souple ou même la plus légère. Même si vous allez vous la cogner à chaque escalier, vous bénirez la valise-coque à 4 roues de glisser aussi harmonieusement sur le sol des gares, des aéroports et des couloirs d'hôtel.

Le rangement	• La pile de vêtements, transférée telle quelle de votre armoire à votre valise.	• Roulez comme des crêpes vos vêtements légers. Ils ressortiront moins froissés qu'en étant pliés.
	• Les chaussures massives qui annexent la moitié de la valise.	• Portez-les pour voyager.
Les contextes	• Prendre un jean/un pull/une veste de rechange, « au cas où ».	• Pour les « encombrants » le moins c'est le mieux, respectez scrupuleusement vos contextes.
	• Hésiter entre deux paires de chaussures.	• Choisissez la plus plate. Critère aussi bête qu'efficace.
	• Négliger le « back office » et vous retrouver en rade de culottes, chemises de nuit ou chaussettes.	• Prévoyez toujours large sur les sous-vêtements.
	• Manquer de chic.	• Emportez d'office un bijou, une ceinture et un foulard pour accessoiriser vos pièces les plus décontractées. • Injectez toujours un peu d'attitude. Sophistiquez vos shorts avec des chemises et des sandales, et décontractez vos robes longues avec des baskets ou des claquettes.

LE THÈME	LE RISQUE	LA PARADE
	• Prioriser les matières naturelles (soie, lin…) et passer vos vacances à repasser.	• Suspendez vos vêtements dès votre arrivée et emportez un défroisseur de voyage, pas plus grand qu'une canette de soda.
La trousse de toilette	• Le vanity de voyage que vous allez vous faire faucher ou oublier quelque part. • La méga-trousse qui prend une place folle.	• Le trio de trousses souples et fines, que vous calerez dans les interstices de la valise. • Prenez les suffisamment grandes pour pouvoir héberger une seule bouteille format maxi quand vous bourlinguez en famille (gel douche, shampooing, crème solaire ou hydratante). • Pour les voyages cabine, investissez dans quelques produits « solides » (shampooing en barre, concrete de parfum…) ou achetez carrément sur place.
Le voyage	• Attraper froid dans l'avion ou dans le train.	• Ne voyagez jamais sans un grand foulard ou une étole.
	• Le bagage à main trop petit, trop lourd, ou ouvert aux quatre vents.	• Privilégiez un fourre-tout léger en toile ou Nylon, rapide à ouvrir comme à fermer.

• Les sueurs froides à chaque fois que vous perdez de vue vos papiers, votre téléphone, vos billets.	• Stockez votre nécessaire de voyage dans une pochette légère que vous garderez en permanence contre vous, en bandoulière.
• Créer un embouteillage au contrôle des bagages.	• Réunissez tous vos objets métalliques et/ou électroniques dans une pochette format iPad, facile à manipuler.

Les clés

> PROJETEZ LE SCÉNARIO IDÉAL DE VOTRE SÉJOUR POUR PROGRAMMER VOS TENUES.

> UTILISEZ VOTRE PALETTE DE COULEURS POUR MAXIMISER LES COMPATIBILITÉS.

> RÉDUISEZ LES OUBLIS ET LES DOUBLONS GRÂCE À UN INVENTAIRE.

> COMPARTIMENTEZ POUR TROUVER RAPIDEMENT CE QUE VOUS CHERCHEZ.

Épilogue

La stabilité de votre patrimoine vestimentaire est-elle une fin en soi ?
Surtout pas. Une garde-robe est vivante. Elle suit le mouvement, le vôtre. Vous changez ? Elle changera aussi.

MIEUX QUE LA CONSTANCE, LA SOUPLESSE

D'infinies métamorphoses vous attendent au fil de votre vie.
Des mues parfois heureuses, parfois douloureuses, pas toujours volontaires.
Des cheveux que l'on coupe, que l'on teint ou que l'on perd.
Un corps qui s'alourdit ou qui fond.
Une maternité ou une maladie.
Un changement d'horizon géographique ou professionnel.
N'attendez pas que ces mutations soient définitives pour procéder aux ajustements qui s'imposent.
Accompagnez le flot.
En gardant le mouvement comme vertu cardinale.

Un bébé changera votre vie, et aussi votre taille de jean.
Un traitement au long cours également.

Ne vivez pas comme une apnée vestimentaire les mois ou années qui vous séparent de votre « corps d'avant ».
Ne constituez pas votre dressing pour le corps que vous aurez demain, ou celui que vous avez perdu.
Habillez celui d'aujourd'hui.
Si vous n'avez pas un poids stable, autorisez-vous une garde-robe en plusieurs tailles.

Repensez votre « noyau dur » à chaque changement de silhouette, de coupe ou de couleur de cheveux.

HABILLER LES BONS COMME LES MAUVAIS JOURS

Votre patrimoine vestimentaire n'en sera que plus fertile s'il est capable d'épouser votre cheminement personnel, dans toutes ses sinuosités.
Comme un navire prêt à voguer à vos côtés, par mer calme ou agitée.
Soyez exigeante et faites-vous confiance pour éliminer, en temps et en heure, ce qui est devenu caduc.
C'est tout ce qui vous tire vers le bas ou en arrière.
Tout ce qui vous freine.
Chaque étape de votre vie mérite d'être « bien sapée ».

Remerciements

Merci à Sophie Rouanet d'avoir cru en ce projet depuis quatre ans… Nos planètes se sont finalement alignées.

Merci à Mathilde, Laury-Anne, Céline, Caroline, Laure… toute l'équipe de Leduc pour sa bienveillance et sa patience. Avec une pensée toute particulière pour Florine et Anne, qui ont gardé un calme héroïque face à mes « 50 nuances de gris ».

Merci à Chloé Baret pour son œil et sa finesse.

Merci à Christophe de toujours répondre à mes mails, même après tout ce temps.

Merci à Iris, Géraldine, Jeanne-Aurore et Laure, Une Chic Fille, toutes vos voix ont résonné.

Merci à mes lectrices et lecteurs, à celles et ceux qui étaient déjà là « à l'époque de la salle de bains » ou sont arrivés ensuite. Si ce livre existe, c'est par et pour vous.

Merci à Eva, Clothilde, Lise, Mathilde et Yves de m'avoir toujours posé les bonnes questions. Et de m'avoir tant écoutée.

Merci à Matthieu d'avoir été auprès de moi à chaque « bébé ».

Bibliographie

PAPIER

Gontier Laure et Colleuille Jeanne-Aurore, *Ma to-do list dressing : 100 listes pour aller à l'essentiel*, Marabout, Paris, 2012.

Fontanel Sophie, *Une apparition*, Robert Laffont, Paris, 2017.

Kondo Marie, *La Magie du rangement*, First, Paris, 2015.

Loreau Dominique, *L'Art de l'essentiel : jeter l'inutile et le superflu pour faire de l'espace en soi*, J'ai lu, Paris, 2009.

Rees Anuschka, *The Curated Closet : A Simple System for Discovering Your Personal Style and Building Your Dream Wardrobe*, Ten Speed Press, Berkeley, 2016.

Thomas Isabelle et Veysset Frédérique, *You're so French : cultivez votre style*, La Martinière, Paris, 2012.

WEB

instagram.com/geraldinedormoy
grayzine.com/deadfleurette (blog fermé)
larmoireessentielle.com (blog fermé)
mode-personnelle.com
tendances-de-mode.com
thebeautyandthegeek.fr
un-fancy.com
unechicfille.blogspot.com

Avec ce livre, 4 tableaux exclusifs à compléter :

- Grille de contexte
- Le noyau dur
- Grande occasion
- Le CV de la fringue

Vous pouvez accéder au contenu gratuit directement *via* le lien suivant :
http://blog.editionsleduc.com/dressing-code.html

Cet ouvrage est composé de matériaux issus de forêts gérées durablement certifiées PEFC™.

PEFC PEFC/14-38-00277

Achevé d'imprimer en septembre 2021
par Novoprint
Dépôt légal : octobre 2021
Imprimé en Espagne